赤ずきん、
アラビアンナイトで
死体と出会う。
青柳碧人
Aoyagi Aito
双葉社

目次

アラジンと魔法のアリバイ　5
アリババと首吊り盗賊　73
シンドバッドと三つ子の事件　131
アラビアの夜にミステリは尽きず　189

赤ずきん、アラビアンナイトで死体と出会う。

装丁　小川恵子（瀬戸内デザイン）
装画　五月女ケイ子
本文図　加藤木麻莉

アラジンと魔法のアリバイ

シャハリアール1.

瞬く星空を天幕とし、クテシポンの町は眠りの底に沈んでいる。

青い月が見下ろすのは、町の中央、四つの尖塔《せんとう》を持つ宮殿である。

《音楽の間》から王国を称える優雅な弦楽器の調べが流れている。十五人の楽団が、夜通し奏でる安らぎの曲である。

その宮殿の広間を、紫色のターバンと灰色の衣服に身を包んだ大男が、二人の召使《めしつかい》を引き連れてのっしのっしと横切っていく。二つの眼はライオンのよう、突き出た鼻は岩のよう、耳は尖り、頬は骨ばり、顔の下半分はひげに覆われている。

誰あろう彼こそが、今を時めくザザーン朝ペルシャの君主、シャハリアール・ザザーンである。

広間を満たす優雅な調べに反するように、シャハリアールの胸中には興奮の炎が燃えている。

かちゃりかちゃりと腰で鳴る、亡き父から受け継いだライオン斬りのサーベル。今宵もまたこの刃が、新妻の血を吸うのだ。

広間を抜けた廊下を北へ。突き当たりの扉の前で足を止める。

「開けよ！」

声に応じ、子ザルのごとき二人の召使が扉を開く。目の前に現れたるは、黄色い渡り廊下。ペルシャの青い夜の空気を吸い込み、再び歩を進めつつ、シャハリアールは初めの妻、アメレイダのことを思い出す。

アメレイダを王妃として迎えたのは、父王が死んだ三年前の春であった。父王の古い友人の娘である美しき女――彼女を一目見たときから、シャハリアールの心は高鳴った。

大臣たちや地方の太守を集め、盛大豪奢《ごうしゃ》なる婚礼の儀は三日三晩続いた。アメレイダの微笑みは銀の食器から滴り落ちる蜜のごとく。シャハリアールはその甘美な癒しに身を浸したのだった。

ところが、である。

婚礼の儀からわずかひと月。隣国サマーカンドを治める弟が宮殿へ遊びに来た。宮殿に泊まること三日目、シャハリアールの前に弟がしゃしゃり出てきた。

「どうした弟よ。お前は踊り子たちと遊んでいたのではないか」

「兄上、それどころではありませぬ。私は先ほど、サマーカンドの宮殿に敷く絨毯《じゅうたん》を求めようと、召使を従えて市場へ向かったのです。すると、宮殿の東のナツメヤシの林より、嬌声《きょうせい》が聞こえました。覗いてみれば、声の主はアメレイダ様でした」

「なんと、わが妃か」

「はい。一糸まとわぬ姿で、兄上の召使、ズンバと戯《たわむ》れておりました。その破廉恥《はれんち》なる振る舞い、真昼の太陽も隠れてしまうほどの恥ずかしさ」

「なんだと！」

シャハリアールはすぐさま、アメレイダとズンバを呼び立て、事の真偽を糾《ただ》した。初めはとぼけていた二人だが、すぐにアメレイダがぼろを出す。

「そうよ！　あなたは王様かもしれないけれど、お話は退屈なの。それに、女に生まれたからには、多くの男と仲良くなりたいじゃない。私の遊びを裏切りというならば、私に楽しみを与えてくれないあなたの行為も、ひどい裏切りだわ」

　シャハリアールは怒り心頭に発し、亡き父王のサーベルにてアメレイダを斬り捨てた。ズンバは、その日のうちに八つ裂きの刑に。それでも気は収まらぬ。――女とはみな裏切る者か。女とはみな獣か。女を信じてはならぬ。女など、女など、女など！

　翌日よりシャハリアールは召使に命じ、クテシポンの町から若い娘を宮殿に連行し、片っ端から婚儀をあげては初夜のその日に血祭りにあげた。

　サーベルが血を吸うこと、これまで実に三百九十九人。クテシポンの町から、若い娘はすっかりいなくなってしまった。

　最後に残ったのが、宰相《さいしょう》の娘、シェヘラザードである。

　折れそうなほどに華奢《きゃしゃ》な腰、エメラルドのように美しい瞳。鼻は小さく、唇はつややかで、黒い髪はカールーン川の水面《みなも》のように光を弾く。

　今日、四百人目の妻に迎えたその娘の姿に、シャハリアールは久々に心を動かされた。

　しかし――騙されてはいけぬ。

　女などみな、盛りのついた獣。愛欲のためならば平気で夫を裏切るのである。

　渡り廊下の突き当たりは、黒檀《こくたん》の扉。麗《うるわ》しきタイルのモザイクに覆われたこの部屋は《王妃の間》である。

「開けよ」

二人の召使によって、扉はぎぎっと開かれる。雅なる伝統模様があしらわれたペルシャ絨毯。絹の布団を湛《たた》えたベッドが一つ。その天蓋《てんがい》の下で目を閉じて迎えるは、他でもない、新妻シェヘラザードである。

下に台でも置いてあるのか、高くなった枕にひじをつき、横たわっている。穢《けが》れを知らぬ、天女のようなその肢体。神よ、どうしてかように美しき娘をこの世に遣わしたのか――シャハリアールの心は揺らぐ。

いや、殺さねばならぬ。美しき王妃シェヘラザードは純潔なる初夜のうち、夫となったこのシャハリアールの手で、貞淑のまま天に召されねばならぬ。

シャハリアールが部屋に一歩入ると、二人の召使は外へ出て、すぐに扉を閉める。

シャハリアールはサーベルを抜き、一気に新妻に迫り、その細い喉に刃を突き付けた。

「お前は今宵、余の手で死ぬ。何か、言い残すことはあるか」

するとシェヘラザードはぱちりと目を開いた。

エメラルドのような瞳をシャハリアールに向け、彼女は口を開いた。

「クテシポンよりはるか西、ジュビダッドよりもっと西、ランベルソという町のすぐそばに、深い森がありました」

「なんだと?」

「その森の中に、丸太でできた小さなおうちがあって、不思議な女の子がお母さんと二人で住んでおりました」

「おい、何を言っているのだ？」

「女の子は、死んだおばあちゃんからもらった赤いずきんをいつも被《かぶ》っていました」

「ずきん？」

「だから彼女は、みんなから、こう呼ばれていたのです」

彼女は右手をすっと上げ、刃を押し戻しながら、その異邦の少女の名をシャハリアールに告げた。

「――赤ずきん」

赤ずきん1.

まったく、コーヒーなんて飲むんじゃなかったわ！

赤ずきんは、テーブルの上に直立不動で立っている、その妙ちきりんな男を睨み上げて思いました。

「びびび、びっくりしたあ！」

テーブルの向かいに座っている男の子が、目をリンゴのように丸くしています。

「コーヒーっていうのは愉快な飲み物だねえ。飲もうとしたら男の人が現れる。でもそのたびにカップが割れちゃうし、中身は全部こぼれちゃうし、愉快だけど僕はもう飲みたくないなあ」

男の子の名前はピノキオ。このあいだまで手足がバラバラの木の人形だったのですが、魔女に、人間の男の子にしてもらったのです。親代わりだったおじいさんが行方不明なので、しばらく赤ずきんの家で預かることになったのでした。

いや、そんなことは今、どうでもいいのでした。

「ねえお母さん、なんなの、この飲み物は？　これ、どういう状況？」

赤ずきんは、ポットを片手に彫刻のように固まっているお母さんに文句を言います。

「わからないわ。私もびっくりしてるのよ」

コーヒーという黒い豆をお母さんが持って帰ってきたのは、つい三十分ほど前のことでした。ランベルソの朝市にチーズと小麦粉を買いに行ったのですが、街角で肌が浅黒い痩《や》せた男に声をかけられたというのです。

ダマクスクスというはるか東の町からきたというその商人は、コーヒー豆をお母さんに見せると、「これを潰して飲んでごらん。甘いお菓子によく合うよ。健康的で、美容にもよくて、痩せるんだ」と言ったそうです。新しもの好きのお母さんはそれを買い求めました。

帰ってくるなり、朝ご飯を食べたばかりの赤ずきんとピノキオに、コーヒー豆を金づちで叩いて粉にするように言うと、お母さんはお湯を沸かしはじめました。そして、黒い粉になったその豆を三つのカップに入れ、お湯を注ぐと、エキゾチックな香りが湯気とともに立ち昇りました。

お母さんたら、妙なものを買わされたと思っていたけれど、コーヒーっていいものかもしれないわ――と赤ずきんが思ったそのときです。目の前のカップの中から、にゅにゅう〜っと、ピンク色の丸いものが出てきたのでした。

それは、あれよあれよという間に人の顔になったかと思うと、ぱりんとカップを割って、さらに膨らんだのでした。腰から下にゆったりしたズボンを穿いている他は裸です。禿げた頭にちょろりと生えた髪と、太い眉毛に口ひげ。筋肉がしっかりしていて強そうなのですが、小さな目は左右に離れていて、なんだか頼りない感じです。

「あんたね、テーブルから下りなさいよ」

強気で迫る赤ずきんに対し、ピンク男はヤジャヤジャヤジャアと知らない言葉でしゃべりましたが、ハッとした様子でズボンの中から鳥の羽を一枚取り出しました。

虹の七色に彩られた、見たこともない羽です。ピンク男は、それを赤ずきんに向かって投げました。羽は、赤いずきんの右耳のあたりにぴたりとくっつきました。

「おらの言うことが、わかるだずか？」

なんと、今の今までよくわからなかったピンク男の言葉がわかるようになったのです。

「わかるわ」

「さすが、イーリス鳥《ちょう》の羽だず。シバの女王はイーリス鳥の言語能力を使って、マグリブのベドウィンどもを手なずけただずなあ」

言葉はわかるようになりましたが、内容はちんぷんかんぷんです。

「赤ずきんさんだずな？」

「そうだけど、何なのよあなた？」

「おらは、ジュビダッドからきた、指輪の魔人だず。ご主人様に、派遣されただず」

ジュビダッドという町に伝わる〝魔法の指輪〟に宿っているのだと、魔人は自分のことを説明しました。人間に指輪をこすられると指輪から姿を現し、こすった者を主人として、何でも言うことを聞かなければならないそうなのです。

「……ていうことは、別にコーヒーから現れたわけじゃないのね？」

「コーヒー？　なんであんな苦いもんからおらが現れにゃならんのだず？　そんなことより赤ずきんさん。おらとジュビダッドに来てほしいだず」

「はあ？」

「ご主人様は今、金融大臣のバイサムを殺した科《とが》で牢屋に入れられとるだず。だがご主人様はやってねえと言っとるだず。明日の日没までに本当の犯人を捕まえなきゃ、ご主人様は首斬りの刑に処されるだず。赤ずきんさんなら、その犯人を捕まえてくれるだろうから連れてこいって、ご主人様に命じられただず」

「ねえ赤ずきん」

ピノキオが口を挟みました。

「さっきからこのピンクおじさん、ジャアジャアと何を言っているの？」

魔人の言葉がわかるのは、虹色の鳥の羽をつけた赤ずきんだけのようです。赤ずきんはピノキオとお母さんに、魔人の言ったことを手短に説明しました。

「ついていってあげなよ」

こともなげに、ピノキオは言いました。

「赤ずきん、そういうの得意じゃないか」

「『そういうの』って言わないの」

「ピノキオの言うとおりよ」

お母さんはいつの間にか、赤ずきんのバスケットを用意していました。

「おばあちゃんが生きていた頃、あなたに言っていたことを覚えているでしょ？」

――お前のその賢い頭は、困った人を助けるために神様が授《さず》けてくださったんだよ。

「今までだって困った人を助けてきたでしょ？　場所が遠くだって変わらないわ」

「それはそうかもしれないけど、私はこの人の言う、『ご主人様』っていうのが誰のことなのかもわからないのよ？」

「連れてきたらわかるって、ご主人様は言ってただず」

指輪の魔人は、両手を赤ずきんのほうに伸ばし、ぐいっと両肩をつかみます。

「わっ、わっ、待ちなさいって」

赤ずきんは慌《あわ》ててお母さんの差し出したバスケットを握りました。次の瞬間、ぐわらんと赤ずきんは宙に浮いていたのです。

「行ってらっしゃい、赤ずきん」

「気を付けてね」

ピノキオとお母さんの見送りの言葉に返事をする間もなく、ばぎんと家の屋根を突き破り、魔人の背中に乗せられた赤ずきんは空高く飛んでいったのです。

＊

ジュビダッドは、アラビアにあるアッバス国の首都だと、赤ずきんは小さい頃に本で読みました。その後、何度か大人からその異国情緒たっぷりの町の名を聞いたものですが、赤ずきんの住んでいる森からずーっと東らしいので、一生行くことなどないだろうと思っていました。

ところがどうでしょう。指輪の魔人の背中に乗って、びゅいんと飛ぶことわずか、お昼前には赤ずきんはその町の上空にいました。

なんというカラフルな町なのでしょう。

赤に黄色に緑に青、様々な色の日干しレンガでできた可愛らしい家々が並んでいます。その中央にまっすぐ伸びるのは、市場の通りでしょうか。かなり活気があります。人にロバに馬……それに、見たことのない獣もいます。

「あの、背中にこぶのある毛むくじゃらの動物は何？」

「あれはラクダといって、とっても暑さに強い動物だず。砂漠の中でもへっちゃらだで、アラビア商人はみんな荷物を運ぶのに使うだず」

「へぇー、便利な動物ね」

「そんなことより赤ずきんさん、前をご覧になるだず。立派な建物が見えてきやんしょう？」

市場通りの突き当たりは小高い丘になっていて、金ぴかの階段を上ったさきに、強そうな男たちが三十人ほど並んで護衛している門があります。ぐるりと囲われた塀の中にはたしかに、豪奢な建物がありました。ど真ん中に大きな玉ねぎ形の屋根を持つ、真四角の赤いレンガの建物があります。敷地の四つ角には、玉ねぎ形の屋根を持った銀色の棟が赤い建物を守るようにそびえ立っているのです。塀の中にはそのほかに、小さな建物がいくつかありました。

「あれこそが、アッバス国の君主、パールーン・アッラシード王の宮殿だず」

「すっごい大きいおうちに住んでいるのね。……あの畑と池も、ひょっとして王様のもの？」

赤ずきんが注目したのは、丘の南西のふもとにある広い畑と、南東のふもとにある池でした。二つとも、宮殿の塀と同じ色の塀で囲まれているのです。

「そうだず。パールーン王の好物のひよこ豆の畑と、エジプトから送られてきたナイルパーチっちゅう魚を養殖している人工池だず」

「ふぅーん。なんだかあの池、変なデザインね」

三角形が三つ連なったような特徴的な池なのです。

「あそこにあった作業場の跡地をそのまま使ってるだず」

「作業場って？」

「王の専属の絵描きの作業場だず。食糧難に備えて魚を育てる池にしたほうがいいって内務大臣の甥《おい》っ子たちが言ったんで、取り壊して池にしたんだずなあ。……だども、畑も池も、夜に忍び込む泥棒が絶えねえだず。今朝なんかも畑はぐっちゃぐっちゃに踏み荒らされたし、池のナイルパーチも何匹か潰されてぷかぷか浮いてただず」

「それは泥棒じゃなさそうね」

「そうだず。原因不明の災難が起きたそのあとに、さっき話したバイサム大臣の死体が見つかったで、こりゃ天変地異の前兆でねえかって、パールーン王は怯えとるんだず」

殺人が起きた日に、畑と池が荒らされる……関係あるかしら？

「なんか、辛気《しんき》くさくなったで、牢屋に行く前にもう一つ、珍しいもんをお見せするだず」

宮殿の上を北へびゅびゅーんと飛ぶと、広い道を隔て、宮殿がある丘と同じくらいの高さの丘がもうひとつありました。その上に、立派なお屋敷があります。大きさは宮殿より一回り小さいくらいですが、宝石でも埋め込まれているのか、壁も柱も屋根も何もかもきらきらと輝いているのです。

「すごいお金持ちがいるのね」

「いやー、ありゃランプの魔人の魔法だず」

「えっ?」

「ジュビダッドのはずれにある廃屋の地下室に、もう二百年もほっぽりだされていた魔法のランプ。それを最近、アラジンちゅう若者が見つけたんだず」

アラジンはジュビダッドでは知られた不良の遊び人で、お金がないのに日がな仲間と酒を飲み、悪さばかりをしていたのだそうです。

「そのランプをこすると、でっけえ魔人が現れて、こすった者の命令をきくんだず」

「それじゃああんたと一緒じゃない」

「とんでもねえ! ランプの魔人の力はおらの何十倍も強《つえ》えだず。それをうまーく使ってアラジンめ、王様の娘を嫁さんにしたんだず。あのお屋敷も、魔人に頼んで魔法で出してもらったもんだず。パールーン王にも気に入られ、アラジンの権力は盤石だず。遊び仲間を屋敷に呼んでは、もう毎日どんちゃんさわぎだず」

アラビアには、とんでもない魔法があるものです。

「さあ、寄り道はここまでだず。ご主人さまがお待ちだず」

ぐいーんと方向転換をして、指輪の魔人はぐんぐんと西のほうへ向かっていきます。やがて高度を下げると、黒くとげのある葉っぱがわんさか茂っているそこに、陰気でいかめしい建物がありました。壁には小さな格子窓がいくつかあります。魔人が「えい」と気合を入れると、赤ずきんと魔人の体はぐんぐん小さくなっていきます。

「こうしねえと、入れねえだず」

指輪の魔人と赤ずきんは、するりと格子窓の間を抜けました。日干しレンガ造りの、暗い廊下をぎゅるるいんと抜けながら、赤ずきんと魔人はまた大きくなります。

もとの大きさに戻ったところで、

「着いただず」

指輪の魔人は赤ずきんを背中から下ろしました。そこは牢屋の前でした。

「やあ、待ってたよ」

鉄格子の向こうから、誰かが話しかけてきました。その顔を見て、赤ずきんはびっくりしました。

「ナップ！」

黄金の髪に整った顔。襟《えり》のオシャレな白いシャツには、虹色の羽がついています。

「久しぶりだね。まずは再会できたお祝いに」

さっ、と格子のあいだから、一輪のバラを差し出しました。赤ずきんはすぐさまその手をぱしんと叩きました。バラが床にぽとりと落ちます。

「ご主人様。たしかに願いは聞き入れましただず。おらは帰らせてもらうだず」

指輪の魔人はそう言うと、頭の上に両手を突き上げ、体をくいっとひねらせました。しゅるしゅるとピンク色の煙になったかと思うと、魔人はナップが右手の小指にはめている指輪の中に入っていきました。

「なんでジュビダッドにいるのよ？」

「僕は世界一の大工を目指している。そのために世界中の建物を見て回っているんだ」

そうでした。このナップというイタリア男は大工で、以前、旅の途中で出会ったのです。北方のシュペンハーゲンという町では珍しい牢獄を作るなど、ちゃんと仕事はしているようなのですが、さすがイタリア人と言おうか何と言おうか、女の子が大好きで、行く先々で恋人を作ってはロマンスを楽しんでいるのでした。

「ジュビダッドに着いたのはつい五日前のことさ。世界中のどの町にも常に、建設現場というのはあるんだよ。僕はそういう現場に行っては、親方たちに身振り手振りで働かせてくれと言うんだ。たいていの町では人手不足だから手伝わせてもらえるんだけど、ジュビダッドの親方たちは厳しくてね。犬を追っ払うみたいにあしらわれてさ」

苦労したのね、と少しかわいそうになります。

「あれは二日前だったかな。どうやっても働かせてもらえないんで嫌になって、小さな食堂に入ったのさ。十七歳ばかりのきれいな女の子が働いていてさ、僕がバラを差し出すと、彼女はもう僕に夢中さ。その夜には、彼女は僕の腕の中でぐっすり眠っていた」

やっぱりろくでもない男でした。ちょっとでも同情したのが馬鹿らしくなります。

「翌朝、女の子は僕の袖を引っ張って外へ出た。手を引かれるままについていくとね、黄金の階段を上って、それはそれは立派な赤い建物に入ったのさ」

「宮殿ね？」

「そのとおり。女の子はね、食堂で働く傍ら、宮殿の踊り子もやっていたんだ。僕がいろんな建築物を見たがっていることを理解して、宮殿に入れるように取り計らってくれたんだね。ベッドを共にしたらもう、言葉なんてなくても心は一つになるものさ」

「いいから先を続けて」

「宮殿ではちょうど昼餐会《ちゅうさんかい》が催されるところだった。女の子は他の子たちに混じってステージの上で踊ったんだ。王と大臣たちとその家族は、テーブルを囲んで豪華な食事。僕はと言えば、新しく入った給仕と勘違いされて、これを運べだの空になった器を下げろだのと、身振り手振りで命じられるままに働いていたら、すっかりその場になじんでしまった」

「どこでも生きていけるタイプなのね」

「僕はパールーン王のパンのおかわりを届けにいったのさ。するとパールーン王は僕の手首をつかんで何かを言ったんだ。何を言っているのかわからなかったんだけど、とりあえずカンツォーネを歌ったんだ」

「なんでそういう発想になるのよ」

「女の子がいたら恋をする。沈黙があったら歌を歌う。これがイタリア男さ。パールーン王は僕の歌を気に入ってくれて、ステージでも歌うことになった。君のずきんにもついている、この虹色の羽も特別にくれたんだよ」

シャツについている羽を、ナップは指さしました。この羽は、身に着けているだけで知らない言葉を理解できたり、逆に相手に自分の言葉を理解させることができるアイテムのようです。アラビアには不思議なものがいっぱいあります。

「僕はステージで何曲か歌った後、パールーン王たちの歓待を受けて、宮殿二階の客室《インド象の間》に宿泊させてもらったってわけさ」

豪勢なことね、と赤ずきんは思いました。女の子と歌が好きなだけで寝るところを手に入れたのです。

「そんなあなたが、どうして殺人の疑いをかけられて牢屋にいるのよ？」

「今朝、宮殿の敷地内にある建物の中で、バイサム大臣が黒ヤギの乳に溺れて死んでいるのが見つかった」

「待って待って」

急な話の展開に、赤ずきんは思わずナップを止めました。

「なんて？　黒ヤギの乳で溺れて死んだって？」

「そう。アラビアの連中ってば、生まれたときから砂漠に囲まれていて、泳ぎなんて練習したことがないだろう？　溺れちゃってもしかたないね」

「私が引っかかってるのはそこじゃないのよ。なんでそんなに、人を溺れさせるほどの黒ヤギの乳があるの？」

「その建物は、チーズの熟成庫なんだ。アラビアは伝統的にヤギの乳でチーズを作る。カナナという商人が水筒代わりにしていた羊の胃袋にヤギの乳を入れて砂漠を歩いていたら、白い塊ができた。これがチーズの始まりだっていうお話を知らないかい？」

うんちくのうるさい男です。

「白ヤギの乳よりも、黒ヤギの乳のほうが濃厚な味わいのチーズができるから、パールーン王のお気に入りらしいよ。まあそれはともかく、熟成庫にはヤギ飼いが搾《しぼ》った乳をためておくための大きな甕《かめ》が六つあってね、バイサムはそのうちの一つの中で、重い鎧《よろい》を着込んだまま溺死していた」

「なんなのよ、その鎧って」

「町の外れの戦争博物館から盗まれたものらしいね。国営で、誰でもタダで入れるけど、人気がなくって無人運営なんだって。だから、誰でも盗めたってわけさ」

「ふーん」

「先を続けていいかい？」

「どうぞ」

「熟成庫の出入り口の扉は内側から閂《かんぬき》がかけられていて、外からは絶対に外せない状況にあった。窓については一か所だけ開いていたけれど、地上から大人が手を伸ばしてようやく指がかかるくらいの高さにある。大きさは、腕がやっと通るくらいだから、そこから出入りできたとは考えられない」

　赤ずきんはその状況を頭の中で整理します。

「それなら、自殺じゃないの？」

「そう見えるよね。でも誰もが、バイサムが自殺するわけはないと口をそろえる。バイサムはジュビダッドから西に二十キロほど行ったオアシスの町にマルメロ畑を持っている。今年は豊作で、もう少しで収穫できるんだそうだ。あとひと月もすればマルメロで大儲けできるのに自ら命を絶つはずはないと、こういうわけさ。ちなみにバイサムはチーズが大嫌いなんだ。そんな人間が、わざわざチーズの熟成庫に忍び込んで自殺するのも変だと、別の大臣が言っていたよ」

「だとしたら事故の可能性も低いわね。となるとやっぱり、他殺ってことになる」

「黒ヤギの乳に溺れて死ぬなんて、チーズ嫌いにはこの上ない屈辱だろうからね。犯人は相当、恨みを持っていたに違いないよ」

「バイサムが命を狙われる理由はあるの？」

「うーん。商売熱心でお金にシビアな性格だっていうけど、それはアラビア人ならみんなそうさ」

動機のほうから犯人の目星をつけるのは難しそうです。

「でも、それならナップが疑われるのはおかしいわ。旅人なんだから、大臣を殺す理由なんていちばんなさそうなものじゃない」

「状況が僕に不利だったんだ。技術大臣のジャナハトが、僕が泊まった《インド象の間》からならバイサムを殺すことができるって証明したんだよ。語るのも忌々《いまいま》しいくらいさ。詳しくはジャナハトに聞いてみたらいい」

ふっ、とナップは息をつきました。

「とにかく僕はここにぶち込まれた。途方に暮れているとき、何となく女の子にもらったこの指輪をこすってみたら、ピンクの魔人が現れたんだ。話を聞くと、僕の希望を叶えてくれるってことだったから、知り合いの中でいちばん助けてくれそうな君を呼んだのさ」

ふん、と赤ずきんは肩をすくめました。なんで私がこの男の無実を証明しなきゃいけないのよ——と思う反面、ちょっとこのジュビダッドを楽しんでみたいとも思いました。異文化の地には、異文化の謎が転がっているような気がします。

ナップも異国の地で牢屋に入れられて心細いはず……と、ここで「あれ？」と思いました。

「ねえナップ。あんたのその指輪の魔人、こすった人の願いを何でも聞いてくれるんじゃないの？」

「うん。そうだよ」

「どうして『この牢屋から出して』って願わないのよ？　瞬間移動とかできないの？　あるいは、体をネズミくらいに小さくしてもらえば、この格子のあいだを抜けられるじゃない」

「ああ、もちろん真っ先にそれは考えて願ったんだ。でも……ああ……うん」

ナップは困ったような顔をしてうなずくと、格子のあいだから赤ずきんに指輪を差し出しました。

「それも、自分で訊いてみるといいよ。事件解決にも役立つだろうしね」

赤ずきんは、指輪を指にはめるときゅっきゅとこすってみました。すぐにピンクの煙がもわもわっと上がったかと思うと、そこに指輪の魔人が立っていたのです。

「ご主人様、なんなりとお申し付けくださいだず」

指輪の魔人は恭《うやうや》しく頭を下げました。

「ご主人様、って私のこと？」

「そうだず。今は赤ずきんさんが指輪をこすったんで、赤ずきんさんがおらのご主人様だず」

ご主人様――なんていい響きでしょう。赤ずきんはバスケットを持っていない右手を胸に当て、しばしその快感に浸りました。

「ねえ赤ずきん」牢屋の中からナップが言います。「早く僕の無実を証明してきてくれよ」

「わかってるわよ、うるさいわね。その前に指輪の魔人、あなたはご主人様の願いを叶えてくれるんだったわね」

「それはもう。さっき、ご主人様をひとっ飛びでジュビダッドまでお運びしたとおりだず」

「じゃあどうして、ナップをこの牢屋から出すことができないの？」

「それは、この牢屋がランプの魔人によって作られたものだからだず」

指輪の魔人によれば、自分より格上の魔人の仕掛けた魔法はどうやっても解けないのだそうです。

「この牢屋は、『囚人が絶対に逃げることのできない牢屋を作れ』というパールーン王の願いを聞いたアラジンが、ランプの魔人に作らせたもんだず。おらがナップさんを逃がそうとすると、青い靄《もや》のようなもんがおらにまとわりついて邪魔するだず」

「なるほどね。魔人の世界もなかなか大変だわ。……ところで、あなたより格上の魔人って他にもいるのかしら？」

指輪の魔人はぶんぶんと首を横に振りました。

「ほうきの魔人に絵筆の魔人、投石器の魔人にくつわの魔人、みーんなおらより格下だず。ただランプの魔人だけにはかなわねえだず」

間抜けそうな顔をしているわりに、ずいぶんと上級の魔人のようです。

「だいぶ頼りになるだろう？」

牢屋の中でニヤニヤとナップが笑っています。

「すぐに事件を解決してくるわ。……魔人さん。まず、ジャナハトっていう人のところへ、私を連れていって」

「お安いごようだず」

指輪の魔人は赤ずきんの肩に右手をぽん、と置きました。

＊

ジャナハト技術大臣は、宮殿の《シーシャの間》にいました。水タバコというものを入れた真鍮《しんちゅう》製の壺《つぼ》が十個ほどずらりと並んだ部屋で、宮殿に出入りする者なら誰でも喫煙可能なのだそうです。

「なんだと？　ナップの犯行を再現してほしいって？」

赤ずきんと指輪の魔人の顔を怪訝《けげん》そうに見やりながらぷわああと白い煙を吐いたのは、鶏のたまごのような体形をした男の人でした。丸い顔の真ん中に目鼻口がぎゅっと寄せ集まった、面白い顔をしています。

「ふん、まあ良かろう。私はジュビダッド高等学院を首席で卒業した頭脳の持ち主じゃ。本物の知恵というものを、浴びるくらいに堪能すればよい。ついてこい」

水タバコのパイプを投げ捨てると、てててて、と特徴的な足音を立て、《シーシャの間》を颯《さっ》爽《そう》と出て行きます。追いかけようとしたところで、

「ご主人様」

魔人が話しかけてきました。

「願いは叶えましただず。おら、もう戻っていいだずか？」

「もう少し、付き合ってくれない？」

魔人は意外そうな顔をしましたが、

「お安いごようだず」

とついてきます。

《インド象の間》に着くまでのあいだ、昨晩、バイサムがなぜチーズ熟成庫に行ったのかという話からしよう」

追いついた赤ずきんに、ジャナハト大臣は歩みを止めずに話しかけてきました。

「バイサムのやつめ、昨日の宴のとき、近々大金が手に入ると自慢しておったんじゃ」

「マルメロの収穫でしょ？」

「それだけじゃない。ダイヤモンドスズメバチが手に入ると言うんじゃな」

それは、はるかアフリカの南のほうにいる、体の中にダイヤモンドを持つ蜂だそうです。群れで捕まえれば巨万の富を手にできますが、攻撃性が強く、刺されてしまったら三月《みつき》ものあいだ、高熱にうなされるといいます。

「バイサムが着ていた鎧の下からは、どんな虫にも効果のある殺虫香が見つかっておる。この状況から、私の類まれなる頭脳はすべてを看破した。すなわち、バイサムは犯人に架空のダイヤモンドスズメバチの取引を持ち掛けられ、チーズ熟成庫におびき寄せられたんじゃ」

「どういうこと？」

「チーズ熟成庫の扉には内側の閂しかなく、昼も夜も人に見られず中に入ることができる。中には黒ヤギの乳で満たされた大甕が六つ、ある。犯人はそのうちの一つ、西側の小窓の下に位置する一つの中身をあらかじめ全部流しておいたんじゃ。バイサムが発見されたとき、床は乳でびしょぬれじゃったでな、それは確実じゃろう。空にした甕に、戦争博物館から盗んだ鎧と殺虫香を入れれば準備は万端」

んんぬ、と変な空咳をして、ジャナハトは続けます。

「犯人は、宴の前、バイサムにこう囁いたんじゃ。『今夜、宴が終わった後、誰にも見られないように熟成庫に忍び込み、人に邪魔されんように扉に閂をかけろ。空になった甕に入り、鎧を着て準備しておいてくれ。頃合いを見計らって小窓からダイヤモンドスズメバチを飛ばして入れるから、殺虫香を焚いてそれを落とすんじゃ。落ちたお宝たちは甕の中に溜まるじゃろう。万が一ダイヤモンドスズメバチが襲ってきても、鎧を着ているから大丈夫じゃ』――バイサムは言われたとおりにして待っておった。ところがどっこい、小窓から入ってきたのは大量の黒ヤギの乳じゃ。鎧を着ておったバイサムは慌てたがすぐには脱ぐことができん。じゃぶじゃぶと大甕を満たしていく乳に溺れてしまったんじゃの」

ものすごい殺し方ですが、黒ヤギの乳を一気に流し込むことができれば不可能ではなさそうです。

「その犯人がナップだっていうのね？」

ジャナハトはにんまりとうなずくと、目の前に近づいてきたドアを指さします。

「ほれ、あそこが《インド象の間》じゃ」

ナップが泊まったそこは、ずいぶん広い部屋でした。ベッドに、青を基調とした肌触りのよさそうな布団。ペルシャ風の模様のあしらわれた椅子に、金属装飾の施されたチェスト、宝石が埋め込まれた水差し、青とオレンジのカラフルな壺……とにかく豪華な部屋なのですが、テーブルのそばに妙な動物の木像があって、そっちのほうが赤ずきんは気になるのでした。

体が大きく、耳が大きく、牙が生えていて、鼻がやたら長いのです。

「この動物は何？」

「インド象を知らんのか、愚か者め。重く見えるじゃろ？　でもこれを作った彫刻家は作品の中身をくりぬくのが特徴でな、見た目ほどじゃない。ほれ、頭に穴があいとって、鼻も空洞になっておる。あのイタリア男はこの木像と、これを使ったんじゃ」

ジャナハトはベッドの上に転がっていた、毛に覆われた長い棒をひょいと手に取りました。

「ナツメヤシの木の幹をくりぬいて、周りに羊の毛を張った抱き枕じゃ。抱くようにして眠るとよい夢が見られるというので、ジュビダッドの富裕層の家には必ずある。これも中はくりぬいてあるから、見た目ほど重くはない」

そして彼は、象の鼻に、抱き枕をスポッとはめたのでした。その全体像が、何かに似ているような気がしました。

「ポットだわ」赤ずきんはつぶやきます。

「ご名答じゃ」

当を得たりと言わんばかりにジャナハトは微笑むと、抱き枕の先を窓の外に出します。窓の外にはすぐ、隣の建物がありました。

「ひょっとしてその建物が熟成庫なの？　ずいぶん近いのね」

「そうじゃ。そしてあれが、小窓じゃ」

ジャナハトは熟成庫の一階部分の上のほうにある小さな窓の直前まで、抱き枕の先を近づけました。そして、近くに置いてあった水差しを取ると、象の頭の穴に注ぎ入れます。ジャナハトが象を傾けると、水は鼻を通り、抱き枕を通り、抱き枕の先からちょろちょろと流れ出ました。抱き枕の先端を小窓の中に差し込めば、甕の中に水が入るでしょう。

「どうじゃ、これがジュビダッド高等学院首席卒業の実力じゃ。恐れ入ったじゃろう」

赤ずきんは顎に手を当て、考えます。いろいろ言いたいことがありますが、

「まず、一つ聞かせてね」

人差し指を立て、ジャナハト大臣に向き直りました。

「ナップはどうしてバイサム大臣を殺さなきゃいけないの？　ジュビダッドに来て五日よ？　バイサム大臣となんて、昨日知り合ったばかりじゃないの？　大臣の儲け話好きの噂くらいは聞いたことがあったとしても、殺す理由なんてないわ」

「あのイタリア人は、かなりの女好きだそうじゃな」

ジャナハトはニヤリと笑いました。

「バイサムの妻は、それはそれはべっぴんさんなんじゃ。きっと、昨日の昼餐会で目を付けたんじゃろう。いくら浮気男でも大臣の妻をたぶらかすわけにはいかん。しかし、未亡人ならいくら口説いても誰も文句はないじゃろ」

女性を未亡人にするために、その夫を殺す……

「なかなか面白い発想だわジャナハトさん。でもあなたはナップを見くびっている。あの男、女の人に夫がいようがいまいが関係ないもの。それにね、昨日の昼餐会でバイサムの奥さんに目を付けたなら、その前に鎧を盗んだり、甕の中の乳を出しておいたというのはおかしいわ」

ぐっと呻いて、ジャナハトは言葉を失いました。赤ずきんはさらに言葉を継ぎます。

「もう一つ。大甕がどれくらいの大きさかわからないけれど、よそ者のナップに人を溺れさせるほどのヤギ乳を用意することができたかしら？」

「そっ……そこのピンクの魔人がおるじゃろう」

「ナップが指輪の魔法に気づいたのは、牢屋に入れられた後のこと」

「じゃあ、ヤギ飼いのところから盗んできたんじゃ」

「一人で？」

「女たらしなんじゃろう。踊り子を十人でもたぶらかせば、運んでくれるじゃろうて」

「共犯者を多くするのは賢いやり方とは言えないわ。一人が秘密を漏らしたら、計画は終わりだもの」

「うるさいわい！」

ジャナハトは、いらいらが爆発したように怒鳴ります。

「誰に向かって『賢くない』と言っておるんじゃ。私は秀才じゃぞ。技術大臣じゃぞ。パールーン王も私の推理を認めておる。それとも何か？　他に真相があるというのか、えっ？」

こういう大人っているわよね、と赤ずきんは思いました。プライドを傷つけられた〝自称・秀才〟が見苦しいのは、どこの世界でも変わらないようです。

「はいはい。あなたは賢いわ。でも真実は他にあるような気がするの。私にももう少し調べさせてね」

ジャナハトの返事を待つことなく、赤ずきんは部屋を出ました。ずっと黙っていた指輪の魔人もついてきます。

＊

「ご主人様」

宮殿の中をぐるりと歩いて正面玄関を出たところで、魔人が赤ずきんを呼び止めました。

「おら、もう指輪の中に戻ってもいいだずか？」

「いや、ダメよ。魔人さん。あなた、私の助手になりなさい」

「助手……って何をやりゃいいんだずか？」

「私の推理を手伝うのよ」

「なんだかわからねえだども……」不本意そうに魔人はうなずきます。「お安いごようだず」

「それじゃあさっそくだけど魔人さん、私を熟成庫まで案内してくれる？　魔法を使わず、歩きでね」

「お安いごようだず。人間の足でどれくらいかかるか確かめるだずな？」

なかなか助手の素養がある魔人です。うまくやっていけそうだわ、と赤ずきんは思いました。

宮殿の東の壁沿いを一分ほども歩くと、熟成庫に着きました。東西に長い長方形の建物。東の屋根の端近くに煙突がありました。壁のちょうど真ん中あたりに両開きの扉があったようですが、二枚とも壊されて地べたに置かれていました。宮殿の二階を見上げれば、さっきの《インド象の間》の窓が見えます。わからずやの技術大臣の姿はもうありませんでした。

熟成庫の中に入るなり、靴の裏に違和感がありました。四角く加工された黄土色の石材が敷き詰められた床ですが、べたべたするのです。

「ヤギ乳が流されたからね」

続いて建物の中を見回します。屋根は木製で、壁は釉薬《ゆうやく》を使って焼かれた幾何学模様のタイルがびっしりと貼られていて、アラビアの内装技術の高さを見せつけられているようでした。

西の壁際に三つ、東の壁際に三つ、甕があります。大人の男性の身長の二倍、とまではいきませんが、中に入ったら簡単には出てこられないくらいの大きさです。西の三つのうちの真ん中の甕の近くに踏み台がありました。その向こうの壁の上部に小窓があるので、バイサムが溺れていたのはあの甕に間違いないでしょう。

赤ずきんは踏み台を上って甕の中を覗きました。死体はもう引き上げられた後でしたが、思ったよりもヤギ乳の量が多いのに驚きました。

「バイサムさんの死体が入ったら、満杯ね」

「おらもそう思うだず」

すぐ横に浮いている魔人はうなずきました。

溺れさせるにしても、こんなにたくさんのヤギ乳を用意する意味はありません。適量がわからずに多すぎるくらい用意したのでしょうか。……そんなの大変です。やっぱりナップがいた《インド象の間》からヤギ乳を注いだというジャナハトの推理はおかしい気がしました。

踏み台から下り、考えながら出入り口に向かっているとき、赤ずきんは立ち止まりました。床の一部に穴が開いていて、鉄格子が嵌まっているのでした。

「この穴は何？」

「排水口だず。下水道につながっているだず」

「下水道なんてものがあるの？」

ランベルソにはそんなものはありません。汚物はためておき、畑にまくか近くの川まで持っていって流すのです。

「ジュビダッドの周りは砂漠だども、チグリス川っていうでかい川があるだず。アラビアじゃ珍しく、水も潤沢に手に入るだずな。汚いもんは全部、下水道に流してしまうだず」

なんて技術が進んでいるのでしょう。感心した赤ずきんでしたが、すぐに別のところに興味がわいてきました。

東の端の三つの甕。その上の屋根に穴が開いているのです。近づいていって見上げると、金網が嵌まっているのが見えました。網目は細かく、指が入るかどうかもわかりません。

「外から見えた煙突ね？　でもどうして熟成庫に煙突があるの？」

「ここは前の王の代まで、焼きものの工房だっただず。だども、パールーン王の治世になって別のところに移っただずなあ。取り壊してもよかっただずが、パールーン王はチーズが好きだで、熟成庫として使うことにしたんだず」

「ふうーん」

用なしとなった煙突を通して空を見上げ、赤ずきんは考えます。金網が邪魔して、中に入るのは無理でしょう。体の大きさを自在に変えられる者だったら可能かもしれませんけれど、大量のヤギ乳を持ってくるのは不可能です。

魔法を使えば……。

「えっ？」

赤ずきんは思わずつぶやきました。そして、頭を思い切り殴られたような気になりました。なんでこんなことに気づかなかったのでしょう。

「指輪の魔人、あなた、この事件を解決できないの？」

「ん？」

「ご主人である私が頼んだらできるんじゃないかしら。魔人、バイサム大臣を亡き者にした犯人を特定し、その方法を暴きなさい」

「お安いご……ああ、あああ」

魔人はまるで、大量の蜂に襲われたかのように顔のあたりを手で払いはじめます。

「青い靄が、青い靄が！」

魔人は逃げるように、外へ飛び出します。追うと、白い花の咲く茂みの前で魔人はぶんぶんと手を振り回していました。青い靄など赤ずきんには見えませんが、こうなってしまっては仕方ありません。

「さっきの願いは取り下げる。助手は事件を解決しなくていいもの」

「……ふう」

青い靄とやらは消えたようで、魔人は膝に手をつき、安心したように息を吐きました。

「青い靄が出てきたということは、ランプの魔人がかけた魔法に阻止されたってことよね？」

「そ、そう思うだず」

「それなら犯人は明らかじゃない。ランプの魔人よ」

「うう……」指輪の魔人は顔を歪め、ぐぐぐと首を振りました。「お言葉だどもご主人様、それは違うだず」

「どうして？」

「魔人の掟《おきて》だず。意思を持って人間を殺したら、砂漠の砂になってしまうだず。魔人は人間を直接は殺せねえだず。人間を殺すのはやっぱり人間だず」

なるほど……それくらいの掟がなければ、危なくて魔人などこの世界に存在させられません。

「となると……犯人はランプの持ち主？」

「んだず。そう思うだず」

なんと！　思いがけず、犯人がわかってしまいました。ランプの持ち主はたしか、アラジンとかいう成り上がりの遊び人でした。

「じゃあ、あなたが青い靄に襲われたことをパールーン王の前で証言すればいいんじゃない？　そうすればランプの魔人の仕業だということが明らかになって、アラジンを告発できる」

「それもできないだず。青い靄は魔人たちにしか見えないだず。おらがご主人様に頼まれて嘘を言っているのではないと、誰も証明できねえだず」

たしかに。この魔人、論理的なところがあります。

「やっぱり考えなきゃいけないようね。アラジンがどうやってバイサムを殺したのか」

と、そのときでした。

「誰が、殺したって?」

低い声がしたかと思うと、熟成庫の陰から、金色のターバンを巻いた十八歳くらいの若者が出てきました。手には鈍く光るランプを持ち、目は蛇のようにどんよりしていて、歯並びの悪い歯を見せてニヤリとしています。

その後ろにいるのは、同じように悪そうな顔をした若者が四人。みな、手にはギラギラ光るナイフを持っていました。

「ジャナハトのおっさんの言ってたことは本当のようだな。イタリア男の無実を勝ち取ろうとしてる生意気なガキがいるってよ」

「アラジンとその仲間だず……」

指輪の魔人が耳元で囁きます。一目見て苦手な相手だと思いましたが、何といったって、こちらには確信があります。推理は完璧ではなくとも、この男が犯人だという答えはすでにあるのです!

「バイサムを殺したのは、あなたね」

赤ずきんは自信を持って言いましたが、アラジンは仲間と顔を見合わせ、ひゃっひゃっひゃっひゃっと下品に笑いました。

「おい、俺が誰かわかってんのかよクソガキが。パールーン王の娘婿、アラジン様だぜ」

「誰だろうと関係ない。殺人は犯罪よ」

「生意気言うんじゃねえ。俺は昨日の夜、宮殿での宴が終わったあとは自分の屋敷に帰って仲間と夜通し飲んで騒いでたんだ。アリバイがあるんだよ、このうすのろザリガニ女め」

ずいぶん口の悪い男です。

「まだ材料が足りないけど、私があなたの悪事を暴いてみせるわ」

ナイフの四人が前に出てきます。すかさず赤ずきんは指輪の魔人に「あの四人をやっつけて」と命じます。

「お安いごよう……」

……だず、と魔人が言い終わる前に、ごごうと激しいつむじ風が巻き起こり、赤ずきんたちの前に、巨大な青い男が現れていました。

アラジンがこすったランプから現れたのでした。アラジンはうひゃひゃひゃと笑いながら、ポケットから何か黒いものを取り出します。カブトムシでした。

「おいランプの魔人。このカブトムシをでっかくしろ」

アラジンは言いながら、カブトムシを宙に放ります。

「仰せのままに」

ぱちんと青い魔人が指を鳴らすと、カブトムシはみるみるうちに馬ほどの大きさになり、ぶうんと、ものすごい羽音を立てて赤ずきんたちに向かってきました。

「きゃあっ！」

頭を抱えてしゃがみ込むと、カブトムシは赤ずきんの頭をかすめ、遠くへ飛んでいきました。

「うひゃっは、俺の魔人は、生き物をでっかくするのが得意なんだよ！　おい魔人、次はあのピンクの魔人を指輪の中に戻せ」

「仰せのままに」

ぱちんと指を鳴らす青い魔人。「あぼぼぼ」と情けない声を出しながら、赤ずきんの助手が指輪の中に戻っていきます。

「その指輪を奪い取れ」

「仰せのままに」

ぱちん。もう一度青い魔人が指を鳴らすと、指輪は赤ずきんの指からしゅるりと抜けて飛んでいきました。ぱしりと、アラジンがそれをキャッチします。

「返して！」

赤ずきんが手を伸ばすのと同時に、アラジンはそれを扉の壊れた出入り口から熟成庫のほうに放り投げました。指輪はころころと転がり、排水口に落ちていきます。

「お見事！」「やるね、兄貴！」

拍手をする仲間を振り返り、アラジンは、ばっひゃっひゃっひゃっとこれまた下品に笑います。

「なんて意地悪なの？」

「おいランプの魔人。俺の手を自在に伸ばせるように。掌《てのひら》を大きくできるようにしてくれ」

「仰せのままに」

ぱちん。

アラジンの左手がぐーんと伸びて、赤ずきんに迫ってきます。そうかと思うと、掌がぶわわっと広がり、赤ずきんの頭を覆うようにつかみました。

「痛い！　臭い！」

馬糞のような、とても臭い掌でした。

「ジュビダッドでこのアラジン様に逆らうとどうなるか、教えてやるぜ。うっひゃっひゃっひゃっ！」

視界を遮られた赤ずきんは、ぶわんと宙に持ち上げられました。

「やめて、やめて、下ろしてよーっ！」

叫びもむなしく、赤ずきんは運ばれていくのでした。

シャハリアール2.

突然登場した素行の悪い男に、シャハリアールは腸が煮えくり返ってたまらぬ。アラジンという珍妙な名前の、成り上がりの遊び人め！　カブトムシをでかくする？　手を伸ばして掌を広げる？　全部ランプの魔人あってのことではないか。この私がたたっ斬ってやる――体がかっかと熱くなり、いつしか鞘《さや》に納めていたサーベルの柄《つか》に、手をやりそうになるくらいだった。

目の前でシェヘラザードは、その美しき唇を閉じたままだった。

卑怯者のアラジンは懲らしめられなければならない。だがそれ以上に、赤ずきんがどうなってしまうのかが気になる。そして、バイサムがどうやって溺死させられたのかも……

シェヘラザードは話さぬ。まるで石像になってしまったかのように黙っている。

「おい、どうした。先を話せ」

しびれを切らし、シャハリアールは言った。シェヘラザードは答える代わりに、右手で、すっと部屋の一方向を指さした。

窓である。夜だと思っていたが、いつの間にか空が白み始めている。

「もう朝が来ます。お戻りになったほうがよいのでは？」

「そんな時間か。しかし、赤ずきんは……どうなった？」

「お話はまた今夜、して差し上げます」

「バイサムがどうやって溺死させられたのか、赤ずきんはその謎を解くのか？」

「お楽しみに」

「解くのか解かぬのか、それだけでも教えよ」

「……本日は、外国からお客様があるのでは？」

「ああ！」

シャハリアールは額に手を当てた。北方の大国、モチュコワ大公国から使節が来るのだった。おろそかにするわけにはいかぬ。

「ご自分のお部屋で少しお休みになったほうがよろしいかと」

「うう、うう」

顔の下半分を覆うひげを掻きむしりながら、シャハリアールは立ち上がった。扉の前まで行き、取っ手に手をかけたところで振り向いた。

「今夜必ず、先を話すのだぞ」

砂漠に咲いた花のように、シェヘラザードは微笑んだ。

＊

クテシポンにまた、夜が訪れた。

シャハリアールは肩を怒らせ、渡り廊下を進んでいく。主の虫の居所の悪さを察してか、二人の召使は厳粛な面持ちで主君を先導する。

実際、シャハリアールは自分自身のふがいなさに怒っていた。ジュビダッドで起きた殺人事件を、はるか西方より来た赤いずきんの子どもが解決する——なんたるふざけた話なのだ。

そんな話に夢中になり、シェヘラザードを殺せなかった。モチュコワ大公国使節の饗応を無事に終え、ひと息ついた今、不満でたまらぬ。

また女に翻弄された。騙された。憎き不倫妻アメレイダ。憎き女ども。今宵はこのサーベルに、必ずやシェヘラザードの鮮血を吸わせようぞ。

「開けよ！」

命じると、召使は《王妃の間》の扉を開く。シャハリアールは部屋に入り、扉が閉められる。

シェヘラザードは昨日と同じように、ベッドの上で高い枕にひじをついて横たわっていた。

「お待ちしておりました」

シャハリアールは何も答えず、すらりとサーベルを抜き、シェヘラザードに向かっていった。

「赤ずきんは、ナップと同じく牢屋に入れられました」

「黙れ」

サーベルを振り上げる。

シェヘラザードは顔色を変えず、言葉を継いだ。

「指輪を失い、なすすべはありません」

「そうだ。お前もだ。もう騙されん。今すぐその首を……」

「そこへ一人の男が現れたのです」

シャハリアールは手を止めた。

「男は絵描きのフーチョンと名乗りました。この男が赤ずきんの運命を大きく変えるのですが……聞かずに私を殺しますか？」

「ぐ、ぐぐ……」

シャハリアールは迷った。また新たな登場人物――絵描きだと？　絵描きに何が変えられるというのだ？　不良者のアラジンをやりこめることができるのか？　そういえば、バイサムを溺死させた方法は？　パールーン王の前で赤ずきんはその真相を語ることができるのか？

シャハリアールはサーベルを鞘に納め、シェヘラザードの前にどかりと胡坐《あぐら》をかく。

「続きを話せ。聞いてからお前を殺す」

シェヘラザードは笑みを浮かべた。

「かしこまりました」

赤ずきん２.

鉄格子を両手で握り、ぐぐっと力をこめますが、びくとも動きません。

「ダメだわ。すっごく固くできている」

「当たり前だろう。そうじゃなけりゃ、牢屋にならない」

ナップは腕枕をして横になっています。あの掌の臭いアラジンとその仲間に赤ずきんが連れてこられてからというもの、すっかりあきらめてしまっているようです。

「ナップも考えなさいよ、ここから出る方法を」

アラジンは赤ずきんをここへ連れてくると、仲間に鍵を開けさせ、赤ずきんを放り込んで言い放ったのでした。——小賢しい女を呼びつけやがって。二人そろってあの世行きになるようにしてやるから、覚悟しとけ。日没の処刑時間が楽しみだなあ。

「もとはといえば、あんたがこんなことに巻き込まれるからいけないんでしょ」

「そう言うなよ。あーあ、指輪も失って、僕の人生もこれまでか。あと五百回は、恋をしたかったなあ……赤ずきん、君は今まで、何回恋をした？」

腹が立ってしょうがありません。なんでこんな男のために死ななければならないのでしょうか。

「処刑は日没後よね？　たしかパールーン王も見に来るんでしょ？　そのときにアラジンの悪事を暴いてやればいいのよ」

「無理だよ。彼は宮殿での宴の後、一晩中、仲間たちと自分の屋敷で騒いでいた。そのパーティーの場にはランプの魔人もいたっていうじゃないか」

「アラジンの屋敷なんて、宮殿のすぐ裏でしょ？　ちょっと席を外して殺し、戻ってくればいいだけじゃない」

「丘を下りて広い道を横切って、また丘を上って宮殿に……片道だけで五分はかかるよ。それだけ席を外していたなら誰かが見ているよ」

赤ずきんは腕を組んでうーんと唸りました。

「やっぱりランプの魔人の魔法を使ったんでしょうね。人を殺すつもりは全くないふりをして殺人のお膳立てをしてもらう――あの不良の考えそうなことよ」

しゃべりながら赤ずきんは、ある突拍子もないことを思いつきました。

「これはどうかしら？　屋敷での夜通しのパーティーが始まる前に、アラジンは魔人に言っておくの。『パーティーのあいだ、客人たちにわからないように、屋敷をまるごと宮殿の上に移動させてくれ。パーティー会場の広間が、熟成庫のちょうど上になるように』って」

「なんだって？」

ナップが身を起こしました。

「広間には小さな穴が開けてあって、そこからあの熟成庫の小窓に向かって管を通す。パーティーのあいだ、客の目を盗んで、黒ヤギの乳を流し込み、すべてが終わったらランプの魔人に耳打ちして、お屋敷をもとの場所に戻してもらう」

「アリバイのために屋敷をまるまる移動させる？　なんて無茶な」

「アラビアの夜には、そんなことが起きたっておかしくないでしょ？」

ナップは頬をぺちぺち叩きながら考えていましたが、

「残念ながら、それは無理そうだね」

と言いました。

「小窓がある壁は、《インド象の間》とものすごく近い。上から管のようなものを通したら、部屋から丸見えだ。そして、そんな管が僕の部屋と熟成庫のあいだに入ってこなかったことは僕が証明できてしまう」

不本意そうにナップは首を振ります。

「あの小窓からヤギ乳を流し込んだのだとしたら、やっぱり犯人は僕しかいないことになるんだ」

「自分で言ってちゃ、もう絶望的じゃないの」

しかし犯人はアラジンとわかっているのです。

小窓を使ったのではないとしたら、あとはあの役立たずの煙突――しかし、煙突が位置していたのは、大臣が溺れた甕とは反対側の東の端です。煙突が立つ屋根には目の細かい金網が張ってあって、管を通すとしてもかなり細いものになりますし、西の壁際の甕に届けるには長さも必要です。

ひょっとしてバイサム大臣が溺れた甕は、はじめは煙突の下にあり、あとで魔人に移動させたのでしょうか？　しかしそんな大がかりなことをしたら、跡が残りそうなものです。どうもパッとしません。

「すみません」

初めて耳にする男の人の声がして、赤ずきんはひゃっと飛び上がりました。

考え事をしていて気づかなかったのですが、鉄格子の向こうに、男性が一人立っていました。背が低く、お椀を逆さにしたような不思議な帽子を被り、青いチョッキを着ています。黒髪で肌は黄色っぽく、アラビアの人たちとは顔立ちが違います。チョッキの胸ポケットには筆がたくさん入っていて、肩から絵の具の汚れのついた鞄をかけ、左手にはイーゼルとキャンバスまで携えているのです。

「驚かせてしまって申し訳ないです。僕はフーチョンという絵描きです」

「私は赤ずきん。この人はナップよ」

「ナップさんは存じております。昨晩、宴で」

ナップも何も言わずにうなずきました。

「絵描きが牢屋に何の用?」

「すみません。実は僕、先ほどのチーズ熟成庫前でのアラジンさん一味による乱暴の一部始終を、物陰から見ていました」

「見ていたの?」

「はい。止められればよかったのですが、僕は弱いので」

ぺこぺこ頭を下げたあとで、彼はチョッキのポケットから光るものを取り出しました。

「お詫びのしるしに、これをどうぞ」

「これは!」

受け取って、赤ずきんは驚きました。それは、指輪だったのです。

「誰もいなくなったあと、熟成庫に入って排水口を調べたんです。金網が外れそうだったので、この小筆のおしりの部分を差し込んで引き上げると、見事に外れました。暗い水面のちょっと上の壁から草が生えていて、指輪はそこに載っていたんですよ」

なんてラッキーなのでしょう。さっそくきゅっきゅとこすると、ぶうんとピンクの煙が立ちのぼり、魔人が姿を現しました。

「ああ、危なかっただず。水の中に落ちてしまったら、もう永遠に出てこられなかっただずなあ」

魔人も自分の危機的状況を理解していたようでした。

「ありがとうフーチョン。何かお礼をしてあげたいんだけど、この状況じゃ……」

「それなら赤ずきんさん、あなたの肖像画を描かせてもらえませんか？」

「私の？」

「はい。ずきんから覗くその黄色い髪、白い肌。ジュビダッドではなかなかお目にかかることができません。僕の創作意欲が、火にかけられた油のようにグツグツいってしょうがないのです」

「天性の絵描きなのね」

「祖父の血が流れていますので」

フーチョンはどこか誇らしげに言いました。

彼の祖父は遥か東方のチャイナという国出身ですが、ある無実の罪を着せられて追放されたのだそうです。その絵の才能が王に認められてお抱え絵師になり、以後親子三代、王や大臣とその家族の肖像画を描く役を仰せつかっているとのことでした。

「たくましい一族ね。いいわ、モデルになってあげる。でも、今から私たち重要な話があるんだけど」

「どうぞお話しになってください。こっちで勝手にやらせていただきますので」

フーチョンはイーゼルを立ててキャンバスを置くと、年季の入った鞄を床に置き、チョッキのポケットから取り出した黒炭のようなもので、さっささっさと絵を描き始めます。その動きをずっと見ていたい気がしますが、今はアラジンの悪事を暴くほうが先です。

「ねえ魔人、私、アラジンがバイサム大臣をどうやって殺したか思いついたの。ちょっと意見を聞かせてくれる？」

と、さっきのトリックについて話す赤ずきんの前で、

「あああ……あああ……」

指輪の魔人は顔の周りを手で払います。

「靄が出てるだず。青い青い靄が」

ここはランプの魔人の作った牢屋。トリックについて考えることすら、邪魔されてしまうようです。

助手の考えを参考にできないなんて……赤ずきんは頭を抱えます。

「あの……」まったく予想外のところから意見が述べられました。「そのトリックはやっぱり不可能だと思います。アラジンさんは一晩中、お屋敷の広間にいらっしゃいましたから」

絵を描きながら、フーチョンが言ったのでした。

「あなた、もしかして昨日の夜、アラジンの家に行ったの？」

「はい。私は王だけでなく、大臣様やそのご家族などの肖像画も描かせてもらっています。当然、パールーン王のお嬢様のご主人であるアラジンさんとも懇意にさせていただき、パーティーにお

招きいただいた次第です」

「アラジンが自宅の広間に夜通しいたというのは、本当なの？」

「はい。僕はアラジンさんの肖像画をすでに三枚描いていますが、昨日はまた、新しいお召し物を手に入れたとかで、四枚目を描いてほしいとご依頼をいただいたのです。もちろんアラジンさんは会場である広間をあちこち移動しましたが、僕はそのアラジンさんについて回り、絵の下書きを完成させました」

「つまり、夜通しアラジンに張り付いていたというのね」

「そういうことです。広間の窓には豪華なペルシャ風のカーテンがかけられていましたから、ランプの魔人の魔法によって、いつの間にか宮殿の真上に屋敷が移動させられていても気づかなかったでしょう。しかし、そうなると、屋敷全体が揺れます。テーブルの上のワインがこぼれるようなことはなかったと思います」

「なるほど。たしかにね」

ナップが相槌を打ちました。

「アラジンはひと時も、会場を離れなかったというの？」

あきらめきれず、赤ずきんは訊ねます。するとフーチョンはぴたりと動きを止め、うーんと唸りました。

「ずっと会場にはいらっしゃいましたが、途中に少しだけ、気分が悪いと窓際に移動したときがありました。カーテンを閉めたまま、その隙間に左手を差し入れ、手だけでも夜風に当たっていると気持ちいいと」

「窓を開けるところは見たの？」

「カーテンに手を差し入れたところを見ただけです。僕は絵を描くのに集中していましたので、窓のほうを気にすることはありませんでした。……カーテンの隙間に左手を差し入れたまま、十分ほどですかね。時折窓のほうを向きながら深呼吸をされていましたね」

何かしらその不思議な行為は……赤ずきんは目を閉じ、じっと考えます。屋敷を移動させたという大それたトリックは打ち捨てましょう。しかし、左手を窓の外に十分ほど出していただけで、離れた宮殿のチーズ熟成庫の中にいるバイサムを溺死させることなどできるのでしょうか。

赤ずきんは必死に思い出しました。アラジンにひどい目に遭わされたときのこと。のみならず、指輪の魔人の背中に乗って見下ろした、ジュビダッドの街並み……畑と、妙なデザインの池……ひよこ豆とナイルパーチの被害……

「……えっ」

ぱっ、と目を開けました。

「まさか」

ひゅう、とナップが口笛を吹きました。

「何か気づいたね、赤ずきん」

頭の中に、アラジンの犯行の様子がまざまざと浮かんできます。それは屋敷を移動させることよりももっと不可解ですが……できないことはないでしょう。

「これだわ。これ以外に考えられない。フーチョン、お願いがあるの」

赤ずきんはその若い絵描きに、あることを指示しました。

「……そんなこと、本当でしょうか」

「お願い。日没まで時間がないの。あなただってじっくり私の絵を描きたいでしょう？」

「それはもう」

「もしナップの無実を証明できなきゃ、私も一緒に首を斬られてしまうわ。私を助けたあとで、じっくり描いたほうがいいと思うの」

フーチョンの目が見開かれました。

「なんて聡明なのでしょう。おっしゃるとおりです！」

急いで絵の道具を片付けると、彼は牢屋を走って出ていきました。

＊

宮殿の大広間に、赤ずきんとナップは後ろ手に縛られて、座らされています。

右側にずらりと並ぶのは、いずれも立派なひげをはやし、カラフルな服に身を纏《まと》ったおじさんたち。おそらくはこのジュビダッドの大臣たちでしょう。あのたまご型の体形のジャナハト技術大臣もニヤニヤしながらこちらを見ています。

左側に並んでいるのは、煌《きら》びやかな服を身に纏った若い女たち。こちらはいつも王様や大臣を楽しませる踊り子でしょう。その後ろには、衛兵たちがずらりと並んでいます。

正面には膝ぐらいの高さの壇があり、椅子が三つ載っています。一番左で、いやらしい薄笑いを浮かべながらリンゴをかじっているのはアラジンです。膝の上には鈍色《にびいろ》に光るランプがあります。

右端にいるのは、豊満な肉体となまめかしい化粧をした若い女性。アラジンと結婚したという、王の娘に違いありません。

しかし、この二人よりも赤ずきんの気を引いたのは、ひときわ大きな真ん中の椅子——玉座にどっかりと腰かけている人物でした。頭の三倍はあろうかという大きなターバン。てっぺんにはチューリップの花が一輪咲いています。鼻の下に蓄えられたひげは、左右に伸びて先がちょろりとカールしていました。椅子のすぐそばに、小柄な男が一人、お盆を捧げるようにして立て膝をついており、そのお盆に載せられたお皿から小さい豆をつまんでは口に放り込んでいるのです。

彼こそが、このアッバス国を治める王、パールーン・アッラシードなのでした。

「ひよこ豆は、うまいのう」

誰もが沈黙する中、パールーン王は口を開きました。

「煮てもよし、焼いてもよし、ペーストにして平パンに塗ってもよし。こんなうまいものをこの世にお創りになった神に毎日感謝しておる。ジュビダッドより東、クテシポンまで広がる砂漠や荒野を、なんとか全部ひよこ豆の畑にできんもんかのう。できたら余は、ひよこ豆の噴水を作れるのにのう」

「できるっすよ、父王」アラジンは不ぞろいの歯を見せながら笑いました。「このアラジン様の力を使えばね」

「たのもしいぞ、義理の息子よ。残念ながら丘のふもとのひよこ豆は昨晩、何者かに荒らされてしまった。その収穫分を取り返してなお余りあるひよこ豆を、この、パールーン・アッラシードに!」

「余裕っす。でも今は、バイサム大臣を殺した憎い外国人の首を斬ってやるのが先です。集まっているみんなは、それを見たがっているのです」

「おお、そうか。バイサムを溺死させたのは、そこにいるイタリア男、ナップであったな。ええと、たしか、《インド象の間》より、熟成庫の中に黒ヤギの乳を流し込んだのだと……」

「僕はやっていません、王様」

ナップは訴えますが、パールーン王は眉を顰めました。

「ナップよ。そなたは気が良く歌のうまい男だが、バイサムは余の重臣であった。あいつを殺したとなれば、そなたの首を斬らねばならぬ。それとも、バイサムを殺した者が他におるというのか」

「いるわ」

ようやく自分の話す番が来たわ、と赤ずきんは思いました。

「誰じゃ、そなたは」

パールーン王は不思議そうに赤ずきんを見つめ、ひよこ豆を三つ、口に放り込みます。

「ナップの友だちの赤ずきんよ」

「赤ずきんか、面白い」

「面白くねえっすよ、父王」アラジンが毒づきました。「こいつはナップとつるんで、アッバス国を転覆しようとしてるに違いありません。イタリア男と一緒に首を斬っちまうべきです」

「まあそう血の気の多いことを言うな、義理の息子よ。ひよこ豆を食べて、気を落ち着かせるのだ」

「いらねえっす。父王以外に生で食うやつなんてどこにいるんすか、そんなもん」

「ここにいるわ」

すかさず赤ずきんは言いました。

「おいしいもの、ひよこ豆。食べたいわ」

パールーン王はにこりと笑い、ひよこ豆をひとつかみすると、玉座を下りて赤ずきんの口に放り込みました。赤ずきんはもぐもぐと咀嚼すると、口の中に青臭さが広がります。ひよこ豆なんて、生で食べるものではないのです。それでも赤ずきんは我慢して微笑みました。

「おいしーい。ジュビダッドのひよこ豆は特に美味しいわ。お話を聞いてくれる？　パールーン王」

「話すがよい、ひよこ豆好きの赤ずきんよ」

「ありがとう。その前に」

と、赤ずきんはアラジンのほうを向きます。

「アラジン、あなたはどうしてそんなところに座っているの？」

「あっ？　俺はパールーン王の娘婿で、次の王だぜ。当然だろ？」

「あなたはどうして、夜通し自分の屋敷でパーティーをしていたの？」

「騒ぐのが好きなんだ。俺の勝手だろ」

「それじゃあ」赤ずきんはアラジンを睨みつけました。「あなたの犯罪計画は、どうしてそんなに杜撰《ずさん》なの？」

その場の誰もが息をのみました。

「はっ？」

「バイサム大臣をチーズ熟成庫の甕の中で溺死させた犯人、それはあなたよ」

「言いがかりだ！　おい！　はやいところ、首斬り役人を！」

「うるさいぞ義理の息子。余は、この娘の話を最後まで聞くと決めたのだ。ひよこ豆好きに、悪者はおらんからな」

よっぽど、ひよこ豆仲間を欲していたようです。

赤ずきんは話を始めます。

「昨日の夜、犯人はダイヤモンドスズメバチの話を持ち出してバイサム大臣を唆《そその》かし、チーズ熟成庫に行って、内側から門をかけるように指示した。あらかじめ黒ヤギの乳を全部ぶちまけて空にしておいた甕の中で、鎧を着て殺虫香を仕込んで待っているように言った。ここまではジャナハト大臣と同じ意見よ」

「ふむ。そのあと、黒ヤギの乳を甕に注ぎ入れた方法が違うというのだな。しかし赤ずきんよ、アラジンは昨晩の宴のあと、真夜中より少し前に仲間と共に屋敷に戻り、そのあとは夜通しパーティーをしていたと聞く。一方、バイサムはアラジンが帰ったあと少しの間、まだこの宮殿におったぞ。バイサムが家に帰らず熟成庫に行ったあと、アラジンが黒ヤギの乳を注ぐことなどできぬだろう」

「ご存じの通り、あなたの義理の息子さん、アラジンはとても強い魔人を呼び出すことができる。アラジンはその魔法を使って、バイサム大臣を殺したの」

「へっ、馬鹿を言うな！」アラジンが怒鳴りました。「人を殺めた魔人は、たちどころに砂漠の砂になっちまうんだよ」

そうだ、そうだ！　衛兵よりさらに後ろから、アラジンの仲間が叫びました。

「魔人の力を利用して、人が人を殺した場合はそうじゃないんでしょ。私は、あ、な、た、がバ、イ、サ、ム大臣を殺したと言っているの」

アラジンは一晩中屋敷にいた！　そうだそうだ！　と仲間たち。

「フーチョンはいるかしら」

「は、はい。ここに」

大臣の列の末席から、フーチョンが出てきました。

「いかにもこやつは、絵描きのフーチョン。こやつの父もその父も、代々わが王家が抱えてきた絵師であるぞ」

パールーン王が認めます。

「昨日、彼もアラジンのパーティーに参加していたそうよ。アラジンにずっと張り付いて絵を描いていたそうだけど、アラジンは一切変な行動はしなかったの？」

「ええと――」

フーチョンは、アラジンが十分ほど窓の外に左手を出していたらしいことを証言しました。

「それがどうしたんだ！　俺はあのとき気分が悪かったんだ。片手だけでも屋外に出していると気持ちがいいのさ。それとも何か？　俺がその十分ほどのあいだに、バイサムを殺したとでも？」

赤ずきんはニヤリと笑いました。

「その説明には、もう一人、私の友だちが必要なの。指輪の魔人！」

びゅう、と風が吹いて、窓からピンク色の魔人が入ってきました。大臣や衛兵、踊り子たちがざわめきました。

「例のものをお願い」

「お安いごようだず」

ぼん、と赤ずきんの前に現れたのは、道を隔てた二つの丘です。一つの丘の頂上には宮殿、もう一つの丘にはアラジンの屋敷。二つの建物の周辺が地形ごと縮小再現されたものでした。

「ありがとう、もう帰っていいわ」

指輪の魔人は深々と頭を下げ、びゅうんと飛んで窓から出ていきました。パールーン王は興味深そうに、魔人が出していったものの観察をしています。

「わが宮殿とアラジンの屋敷ではないか。面白い。おや、畑と養殖池まであるぞ」

宮殿の立つ丘の南西にあるひよこ豆の畑と、南東のふもとにあるナイルパーチの養殖池です。

「聞いたわ。今朝、ひよこ豆の畑は踏み荒らされ、養殖池ではたくさんのナイルパーチが死んでいたのが発見されたと」

「そうだ」パールーン王の顔が曇《くも》ります。「おまけにバイサムまで死んだ。天変地異の予兆ではないか」

「いいえ王様。ひよこ豆もナイルパーチも、アラジンがバイサム大臣を殺すために犠牲になったの」

「どういうことだ？」

首を傾げるパールーン王。大きなターバンの上のチューリップも傾きます。

「私を熟成庫の外で捕まえるとき、アラジンはカブトムシを大きくしてけしかけた。生き物を大きくするのは、ランプの魔人の得意技のようね」

「そうじゃ。余は義理の息子に、巨大な猫を見せられた」

「アラジンはまた、腕を私のほうにぐいーんと伸ばして、絨毯みたいに大きくなった掌で私の頭をすっぽり覆うように握ったわ。腕を伸ばして、掌を大きくするのも、お手の物」

「余も見たことがある」

話が早いわ、と赤ずきんは笑みを浮かべます。

「フーチョン、連れてきて」

「はい」

フーチョンは返事をすると、小走りで広間を出て行きました。ややあって彼は、黒ヤギを一匹、引き連れてきたのです。そして、再現された小さな宮殿の丘をその体で覆うように黒ヤギを置いたのでした。

「なんと！」パールーン王は目を瞠りました。「後ろ脚が、畑と養殖池に！」

そうです。ひよこ豆の畑とナイルパーチの養殖池は、ヤギの後ろ脚の蹄《ひづめ》に踏まれる位置にあるのです。

「前脚はふたつとも、丘と丘のあいだの広い道にあるから、何の被害もなかったのね。さて王様、宮殿のチーズ熟成庫は、今、どうなっている？」

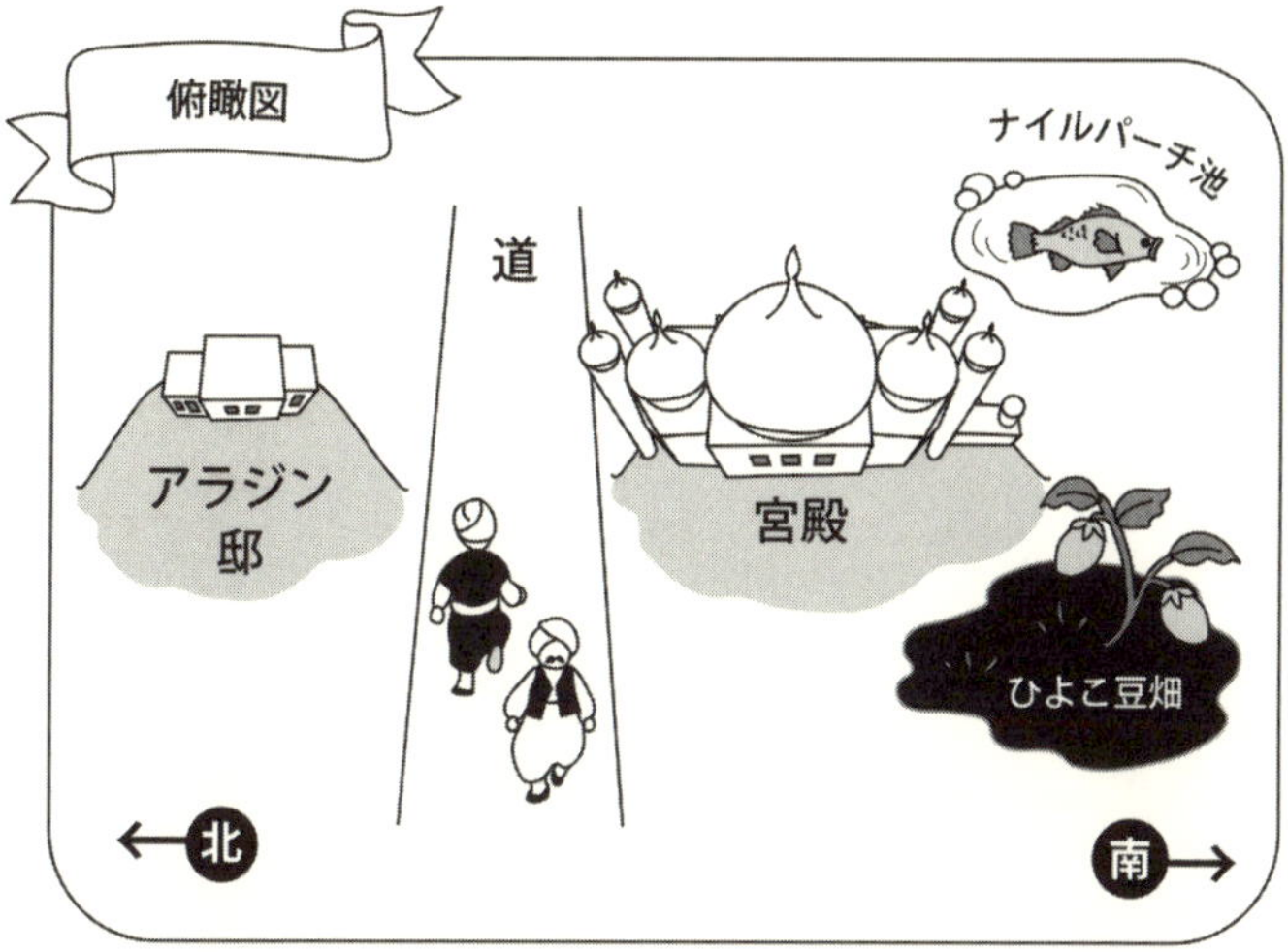
俯瞰図
ナイルパーチ池
道
アラジン邸
宮殿
ひよこ豆畑
北
南

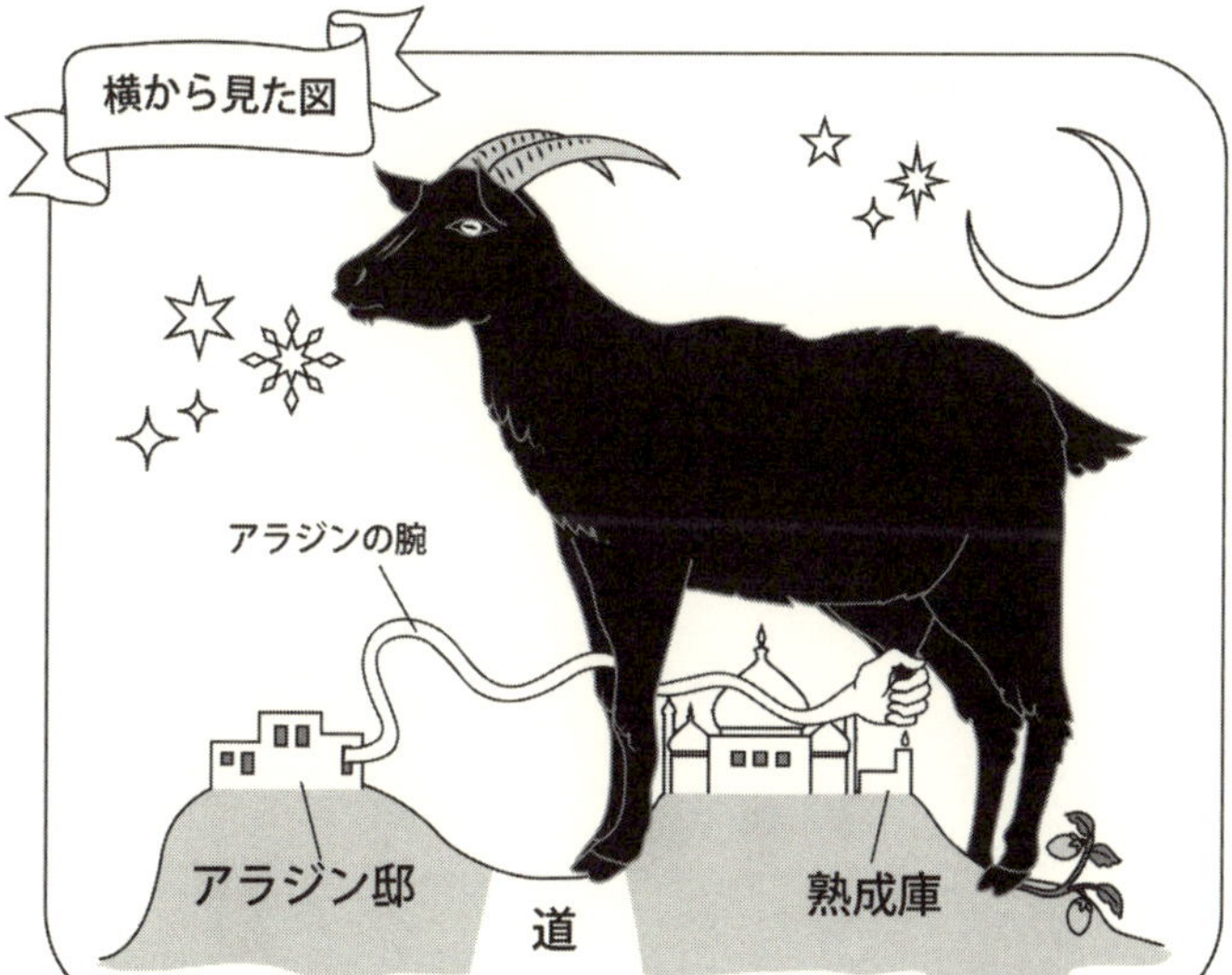
横から見た図
アラジンの腕
アラジン邸
道
熟成庫

「熟成庫……あっ！」

パールーン王はのけぞり、ターバンの上のチューリップが落ちそうなくらい驚いていました。

焼きもの工房だった頃の名残の煙突。その真上にちょうどヤギの乳房が垂れ下がっているのです。

「生き物を大きくする魔法……腕を伸ばして掌を大きく広げる魔法。まさか……アラジンはこの位置に巨大な黒ヤギを出現させ、自分の屋敷の広間から手を伸ばし、大きくした掌で、熟成庫の中に直接、乳を搾り入れたというのか！」

「さすが聡明なるパールーン王だわ」

手足を縛られていなかったら、拍手をしたいところでした。

「いわば熟成庫全体がヤギ乳の容れ物だったのよ。勢いよく入っていくヤギの乳は熟成庫内を満たし、ついにバイサム大臣が中にいる甕にも入ってきた。バイサム大臣は起きていたのか眠っていたのかわからないけれど、もし起きていたとしてもとっさに鎧を脱ぐことはできず、甕の中で溺れてしまったのでしょう」

ふむむと、パールーン王は唸ります。聞いている大臣や衛兵、踊り子もまた、赤ずきんの推理を信じはじめているのがわかりました。

「熟成庫の床には排水口があるが、これほど巨大な黒ヤギから勢いよく乳が搾り出されてきては、とても排出が間に合わない。バイサム亡きあと、朝にかけてゆっくりと乳は排出され、床には乳がぶちまけられたような跡が残ったというのだな」

「そうね。ちなみに壁はつるつるのタイルだから、ヤギ乳は流れ落ちて跡は目立たなかったんでしょう。また、白ヤギじゃなくて黒ヤギだっていうことも、この犯罪を成立させる要因の一つよ。

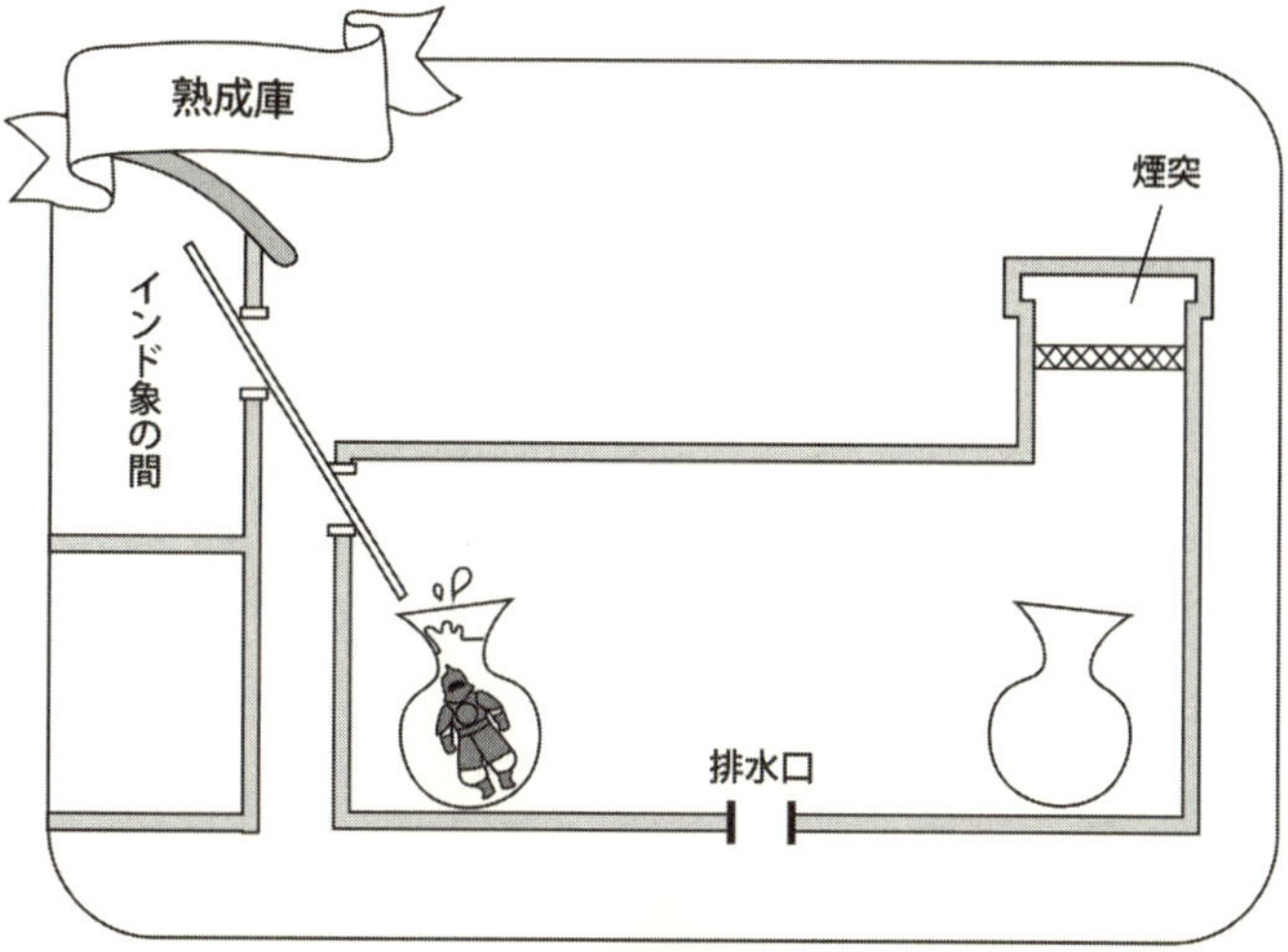
熟成庫
煙突
インド象の間
排水口

排水口

もし白ヤギだったら、ナップや宮殿の他の部屋の人たちも窓の外に何か大きな白い物が出現したことに気づいて、その巨大な姿を目撃してしまったかもしれない。でも黒ヤギなら夜の闇に溶け込んで、誰にも気づかれることはないわ」

「バカか！」アラジンが叫びました。「その頭、ナイルワニのケツの穴に突っ込んでデスロール食らわすぞ、このチビ女！」

本当に口の悪い男です。

「ひよこ豆やナイルパーチの被害のことを考えたら、これしかありえないわ」

「そんなのが証拠になるか。目撃者もいないのに」

アラジンの声に焦りがあるのが、赤ずきんには面白いようにわかりました。

「目撃者がいれば納得するのね？　目撃者というか、当事者だけど」

「なんだと？」

「来なさい！」

赤ずきんの合図と共に、びゅうと風が吹いて、窓から青い魔人が入ってきます。その姿を見て、アラジンの顔からさっと血の気が引きました。

「仰せのままに、ご主人様」

大きな青い体にごつごつした顔。赤ずきんに恭しく頭を下げたのは、ランプの魔人だったのです。

「お、お前、どうして……」

魔人を指さすアラジンの指は、ぷるぷる震えています。「ジュビダッドには私の友だちがもう一人いるの。腕の立つ泥棒でね、日没より少し前、あなたのおうちに忍び込んで、ランプをすり替えてもらったのよ。あなたの膝の上にあるそれは、古道具屋で売ってたガラクタよ」

「ふっざけんな！」アラジンは立ち上がります。「この性悪猿女！　サソリ！　毒蛇！　ウジ虫のわいた腐れひよこ豆めっ！　ガラクタだと？　こんなものっ！」

勢いよく床にたたきつけられたランプはころころと、フーチョンの目の前まで転がりました。

「フーチョン！」

まかせてくださいとばかりにフーチョンはさっとランプを拾い上げ、きゅっきゅきゅきゅっきゅとこすります。なんと、ごごう、とつむじ風が巻き起こり、ランプの魔人がもう一人出てきたではありませんか。

「ご主人様、なんなりと」

ランプの魔人が二人――どういうことだと、呆気にとられる大臣や衛兵、踊り子、そしてアラジンとその妻、パールーン王の前で、初めに窓から入ってきた青い魔人はしゅるしゅると小さくなり、ピンク色の指輪の魔人になりました。

「申し訳ねえだず。赤ずきんのご主人様の言いつけで、ランプの魔人に変わっていただず」

絶句しているアラジンに、赤ずきんは余裕たっぷりに見つめました。

「あなた、私が指輪の魔人を外から呼び出し、命令を聞いた後の魔人が窓の外に出ていったのを変に思わなかったの？」

「なんだと？」

「あれは、魔人が指輪から出たり入ったりするのを見せないためだったのよ」

赤ずきんは指輪の魔人を外に待たせておき、良きところで窓から入ってくるように言っておいたのでした。アラジンを欺くためには、ランプの魔人に化けるところを見せてはなりません。そのため、いったん姿の見えないところに退場させる必要があったのです。

「な……お……、おま……」

アラジンは怒りと絶望で、立っていられなくなったようです。床にどすんと腰を下ろし、よだれをたらしています。

「魔人さん、僕からのお願いです」

そんなアラジンなど眼中にないように、フーチョンは本物のランプの魔人に告げました。

「昨晩、アラジンさんに頼まれてやったことを、素直に話してくれませんか？」

「仰せのままに、ご主人様――」

＊

「あー、おなかいっぱい！」

赤ずきんはふかふかのベッドに飛び乗りました。大きな、赤い翼の鳥の彫刻は不気味ですが、ベッドもテーブルも椅子も、棚に並ぶ置物もすべてが豪華で煌びやかです。おまけに部屋の中だというのに、リンゴやオレンジの生《な》る木が植えてあり、そのそばには噴水まであるのでした。お母さんとピノキオに自慢したくなるくらいに豪華な部屋です。

「今日はいい夢が見られそう」

赤ずきんは仰向けになり、おなかの上で手を組み、パールーン王の前での逆転劇のことを回想し始めました。

ランプの魔人がすべてを告白したことにより、言い逃れができなくなったアラジンは、衛兵たちに捕らえられ、自分が魔人に作らせた牢屋に収容されることになりました。動機についてアラジンは何も語りませんでしたが、大臣たちによれば、王様の娘を妻に持ちながらバイサムの妻にも言い寄っており、それを知ったバイサムがパールーン王に言いつけるのを防ぐためだったのでは――ということでした。

ひどいことをするものね、と、赤ずきんは大した興味も感じませんでした。

赤ずきんはパールーン王に「共に晩餐をとろうではないか」と誘われました。ひよこ豆ばかりだったらどうしようかと思いましたが、肉や魚、バターのたっぷりきいたパン、珍しい野菜にフルーツと、今までの人生で一番のおもてなしでした。あいだを取り持ったナップによって場は大いに盛り上がり、楽しい晩餐会になったのです。

「赤ずきんさん」

顔の下半分がひげに覆われた、蟹のように真っ赤な顔の男性が話しかけてきたのは、その会も終わりに差し掛かったと思えるときでした。

「内務大臣のイルジーと申します。アラジンめをやりこめたお手並み、大変見事でした」

いかつい顔のわりに、物腰は丁寧でした。

「つきましては赤ずきんさんに頼みがあるのです。私の三人の甥のことなのですが、今日はもう遅いので明日、お時間いただけますか」

「えっ？　私、もう今夜中におうちに帰りたいのだけど」

「そうですか……」とイルジー内務大臣が顔を曇らせると、

「よいではないか赤ずきん」

二人のやり取りを見ていたパールーン王が上機嫌で言ったのでした。

「今日は泊まっていき、明日、イルジーの頼みを聞いてやるがよい。宮殿でいちばん豪華な部屋をお前にあてがうぞ」

パールーン王は酔っ払って上機嫌でした。泊まっていけば金銀財宝のお土産を持たせてくれるとまで言うのでした。

「じゃあ、お言葉に甘えるわ」

それで、宴会が終わった後、赤ずきんはこの《ロック鳥の間》を案内されたというわけなのです。

頼み、って何かしらね……

星座の描かれた天蓋を眺め、赤ずきんは考えました。

悪いことは嫌だけど……頭を使うことなら、まあいいわ……

ふわあ、とあくびが出ます。そして赤ずきんは、眠りの世界に落ちていきました。

…………

…………

激しい靴音で、赤ずきんは目を覚ましました。ベッドの脇に、三人の男が並びます。

「だ、誰なの？」

三人とも黒い布ですっぽりと顔を覆っていました。そのうち二人が赤ずきんに襲い掛かってきて、体をロープで縛りはじめました。残りの一人は、担いできた絨毯を床に広げています。

「きゃあ、やめて、やめて！」

荒っぽいわりに手際はよく、赤ずきんはあっという間に手も足も身動きが取れなくされたどころか、口に猿轡《さるぐつわ》をかまされてしまいました。

「早くしろ！」

潰れたような奇妙な声で、絨毯の男が命じました。残りの二人が、赤ずきんを絨毯に寝かせます。そして、ぼん、と赤ずきんの顔の脇に、唯一の荷物であるバスケットが投げられます。

「悪く思うなよ、あんたみたいに頭のいい者にいられちゃ、困るんだ」

どういう意味？　考える間もなく、赤ずきんの体は浮き上がります。

絨毯です。絨毯が、床からひとりでに浮いているのです。

「あばよ」

男の声を合図とするように、赤ずきんを乗せた絨毯が窓から外へ飛び出しました。そして、高く、高く、舞い上がったかと思うと、びゅうーん、と北に向けて進み始めたのです。

アラジンの屋敷の上を越え、砂漠の上をびゅんびゅんと。

ジュビダッドの町は、どんどん遠ざかっていきました——。

シャハリアール3.

「えっ、えっ？」

シャハリアールは信じられない思いでシェヘラザードの顔を見つめる。

「どういうことだ？　アラジンの犯行をあんなに鮮やかに解決したかと思ったら」

シェヘラザードは何も言わぬ。

「その三人の男は何者だ？　なぜ赤ずきんを空飛ぶ絨毯に乗せた？　赤ずきんはどこへ飛ばされたのだ？　無事か？　無事なのか、赤ずきんは？」

湧き上がる疑問を次から次へと投げつけるが、シェヘラザードは静かに微笑むばかり。

「おい、何とか言え！」

すると、シェヘラザードはすっ、と手を上げ、窓のほうを示した。

空は白んでいた。

「もう夜が明けます。今宵のお話はここまでとしましょう」

「そんなことが許されるか！」

「私は疲れました。一度眠らなければ、お話を思い出すことができません」

「そんな……、そんな……」

シャハリアールは傍らに放っておいたサーベルを鞘ごとつかむ。

この女、ここで斬り殺して……

……それ以上、手は動かなかった。

怒りはある。焦りもある。悔悟もある。だがそれ以上に……先が聞きたい。

しかし今、無理やり話をさせれば、いつまでも聞いてしまうやもしれぬ。本日の政務に差し障りが出るだろう。とにかくこやつの話は、時間を忘れさせてしまうのだ……！

シャハリアールは何も言わずに立ち上がった。扉へ向かい、取っ手を握ったそのとき、

「王様」

シェヘラザードが話しかけてきた。振り返ると彼女の、バラの花びらのような唇からは、こんな言葉が出た。

「必ずや今夜もお越しください。妻たる私が、夫たるあなたを連れていきましょう。不思議と謎《ミステリ》に満ちた、アラビアの夜へ――」

アリババと首吊り盗賊

シャハリアール1.

シャハリアールは絨毯の上に胡坐をかき、サーベルを左わきに置く。ベッドの上で高い枕にひじをつき、シャハリアールを見つめるのは、彼の妻、シェヘラザードである。

クテシポンの若い女をすべて殺す——その考えにとりつかれているシャハリアールにとって、彼女も例外ではない。だが、今、殺すわけにはいかないのだ。

「それで?」

シャハリアールは口を開いた。

「赤ずきんは、どうなったのだ?」

ジュビダッドで起きた不可解な事件を、見事な才覚で解決してしまった少女、赤ずきん。一昨夜、昨夜と続けてシェヘラザードの口から語られたその物語はシャハリアールの心を躍らせた。だが赤ずきんは何者かに襲われ、空飛ぶ絨毯に乗せられ、砂漠に飛ばされてしまった。赤ずきんがどうなったのか、それを聞き出さねばならぬ。

「それでは今宵のお話です」

シェヘラザードはエメラルドのような美しい瞳をシャハリアールに向け、ゆっくりと続きを話しはじめた――。

赤ずきん1.

ばちばちと、赤ずきんの顔に砂が当たっていきます。

「痛い痛い、痛いわよっ！」

叫ぶ赤ずきんの声は風にかき消されていきます。猿轡は外されましたが、両手両足はロープで縛られたまま。まったくあの男たちったら、どれだけ強く縛ったのかしら！

歯を食いしばりながら空を見れば、夜の闇は薄れてきています。

ジュビダッドの宮殿の《ロック鳥の間》で、突如侵入してきた男たちに縛り上げられ、絨毯の上に放り出されたのは夜中のことでした。絨毯がふわりと浮き上がり、窓から出て、びゅうんと飛び出し――それからもう、何時間も経ったようです。空飛ぶ絨毯はスピードを落とすことはありません。何とかロープを緩めようとする赤ずきんでしたが、思い切り身をよじると絨毯から落ちてしまいそうで怖いのでした。

たとえロープがほどけたところで、どうしようもありません。不思議な指輪はすでに昨晩、ナップに返してしまったので、魔人の力を借りることもできないのですから！

ああ、私はいったいどうなるのかしら。このまま飛び続けていたって朝はくる。そうなったらアラビアの灼熱の太陽に焼かれてしまうわ……絶望のため息が出そうになったそのとき、

「あれ？」

赤ずきんの目に何かが飛び込んできました。芋虫のような体勢から、なんとか身を起こし、膝を横にして座った状態になりました。

折り重なる砂の丘の向こうに、木々が生い茂った森が見えるのです。

砂漠はもうおしまい！とほっとしたとき、森からにょきりと飛び出る大きな黒い塊――岩山が見えました。その近くに、黒と紫の入り混じった、なんとも不穏な煙がもくもくと上がっているのでした。

「このまま行ったらぶつかるじゃない。止まってよ」

絨毯に命じてみますが、速度はむしろ増しているようでした。

「止まって、止まってってば！」

赤ずきんの声を聞く様子もなく、岩山はぐんぐん近づいてきます。

「わあっ！」

ついに絨毯は岩山に衝突――するかと思いきや、煙のそばを通るときにぐるりと方向転換をしました。急に傾いたものですから、赤ずきんは絨毯から落ち、地面に向けて真っ逆さまです。

「きゃあ！」

幸い、生い茂る草木の葉がクッションとなり、痛みはそれほどありませんでしたが、小枝や木の実が口の中に入り込んできました。

「ぺっ、ぺっ！　何なのよ、もう」

上空を見ると、絨毯は煙の周囲をぐるぐると回っているのです。

「き、君……大丈夫？」

誰かの声がしました。

そちらに顔を向ければ、粗末な身なりの男性が立っていました。年齢は三十前後でしょうか。ターバンだけがやたら大きく、そのぶん、身長の低さが目立っています。その後ろには、荷物を背中に載せたやせっぽちのロバがいました。

「誰だか知らないけれど、このロープをほどいてくれないかしら？」

「あ、ああ……」

彼はロバの背中の荷物から一本のナイフを取り出し、赤ずきんのそばにしゃがんで手足のロープを切ってくれました。

ふと頭上を見れば、もくもくとした煙の周りを絨毯はまだぐるぐると回っていました。

「なんなのよあの煙」

「ブブキフィだろうね。お香の一種で、焚いて出てくる煙は空飛ぶ絨毯を引き寄せる力があるんだよ」

花の蜜が蜂を引き寄せるようなものでしょうか。たしかに絨毯は、魅入られたように煙のそばを離れようとしないのです。

煙の下には焚火の跡がありました。いらなくなった家具でも燃やしたのでしょうか、木材の燃えさしが残っていて、火種がまだ残っていました。

「誰だか知らないけれど、きっと、ブブキフィが入っているのを忘れたまま燃やしてしまったんだろうね」

男の人は苦笑いをします。赤ずきんは、助けてもらったお礼を言っていないことに気づきました。

「ロープを切ってくれてありがとう。私は赤ずきん。あなたは？」

「僕はアリババ。大変だったね、盗賊たちに縛られたんだろう？」

「盗賊？」

「ここいらの町や村を荒らしまわっているディング・ハッタン盗賊団だよ。違うの？」

赤ずきんは、これまでのことをざっと話しました。

「ジュビダッドだって？　元気なラクダでも十日はかかる距離だよ！」

アリババは目を丸くしました。

「ずいぶん飛ばしたもの、あのド派手な絨毯。……ところで、ここはどこなの？　町は近くにある？」

「三十分も歩けば、僕の住んでいるアコノンの町に着くよ」

「よかった。私をそこまで連れて行ってくれる？」

「もちろん。でも、その前に僕の用事を済ませてもいいかな？　兄さんを捜しているんだ」

アリババはそう言って、ロバの手綱を引きながら岩山に沿って左のほうに進みます。すると、岩肌に縦の割れ目がついている箇所がありました。アリババはその前に立ち、天を支えるかのように両手を上げ、こう叫んだのでした。

「開け、ゴマ！」

ごご、ごごごごご！

あたりの木々を震わせながら、割れ目から岩が横に開いていきます。

驚いて声も出ない赤ずきんの前に、ぽっかりと洞窟が現れたのでした。呪文一つで開く岩の扉
――アラビアには、想像を絶する魔法がこんなところにもあるのでした。

それにしても、なんで「ゴマ」なの？　赤ずきんの疑問をよそに、アリババはロバの背中の荷物から松明《たいまつ》を取り出し、火打石《ひうちいし》をカチカチやって火をつけると、

「さあ、入ろう」

慣れた様子でロバを引っ張って洞窟に入っていきます。赤ずきんも後に続きました。

中に入るとすぐに扉を振り返り、アリババは叫びます。

「閉じよ、ゴマ！」

ごごごごご、と、扉は閉じました。

「意外と明るいわね」

「あれのせいだろ」

アリババが頭上を指さします。

天井に、金色の布が張られていて、松明の明かりを反射させているのでした。

「地べたや岩壁はむき出しなのに、どうして天井だけ布を張ったのかしら？」

つぶやきながら観察していて、さらにおかしなことに気づきました。

さっき開いた岩の扉。左右二枚とも、洞窟の内側の天井付近に鉄の輪が打ち込んであります。

さらに、その二つの鉄の輪に近い天井にも一つ、同じような輪が取り付けられています。

洞窟は右に大きく曲がっていましたが、すぐに奥の異様な光景が目に飛び込んできました。

「これは！」

まばゆいばかりの金貨の山。その両脇には、人がすっぽり入れるくらいの大きなアメジスト色の壺や、銀でできた机にヒスイでできたテーブルがあります。さらには黄金のオルガンにハープなど、高価そうな財宝がうずたかく積まれているのでした。

「ディング・ハッタン盗賊団の、財宝の隠し場所なのさ」

「アリババ、あなたはいったい何者なの？　どうしてこんなところを……」

と、赤ずきんは中を見回します。洞窟の出入り口から続いていた金の布は金貨の山のすぐ上で途切れ、出入り口の扉の内側に打ち込まれていたものより少し大きい鉄の輪が一つ、岩にねじ込まれています。これは……

「あれはなんだ？」

アリババが金貨の山の向こうを指さしました。そこには一組の靴……いや、ズボンも見えます。金貨の山の向こうに、寝転がった誰かの足がこちらに見えているのでした。

「まさか」

アリババはその足に近づいていきます。嫌な予感がしましたが、赤ずきんも続かないわけにはいきません。

案の定といいましょうか、金貨の向こうに横たわっていたのは、男の死体でした。口を大きく開いて白目をむき、息をしていないのは明らかでした。

顔の下半分はもじゃもじゃしたひげに覆われていて、あごひげは胸のあたりまで伸びていますが、その先端はブッツリと不自然に切り取られていました。見たところ外傷はなく、顔も両手もからからに干からび、餓死と思われます。周りには金貨に交じって、何かの青い破片が散らばっていました。

「兄さん！」

その死体を見て、アリババは叫びました。

「これは僕の兄さん、カシムだ！」

洞窟の中に餓死した男が一人——赤ずきんの頭の中には、大きな疑問がひとつ、浮かびました。

どうして首吊りじゃないのかしら？

「兄さん、兄さん！」

アリババに揺さぶられた死体の胸ポケットから、何か黒いものがはらはらとこぼれます。毛でした。あれは、切り取られたひげの先端でしょうか——。

＊

カシムの遺体をやせっぽちのロバに乗せ、赤ずきんとアリババはとぼとぼと歩きはじめました。

「つらいでしょうね、アリババ……きっと優しいお兄さんだったのね」

アリババは赤ずきんのほうに顔を向け、「全然」と首を振りました。

「ごうつくばりの、博打好きの、ケチで乱暴で、とんでもない男さ。でも、でも……僕にとってはたった一人の兄だった！」

わあああ、わあああと泣き出します。

「僕のせいだ。僕のせいで兄さんは殺されてしまったんだ！　わあああ……」

「落ち着きなさいよアリババ」

赤ずきんはなだめましたが、いっこうにアリババが泣きやむ気配がないので、どん、と背中を叩きました。ひゃひっ、としゃっくりのような声を上げ、アリババはようやく泣くのをやめました。

「『僕のせいだ』ってどういう意味なの？　事情を聞かせてくれる？」

「……僕はもともと貧乏で、手に職もなく、この森で薪を拾っては、市場へ持って行って売っているんだ。それが十六月《じゅうろくがつ》一日に……」

「待って」赤ずきんは右手をすっと出します。「十六月っておかしいわ。一年は十二月までしかないのよ」

「僕たちの使っているムガヌ暦は二十月《にじゅうがつ》まである。今日は十六月十六日、縁起のいいものが空から降ってくる日だよ」

郷に入っては郷に従えと言います。赤ずきんは受け入れることにしました。

十六月一日、薪がうまく拾えずに困ったアリババは、足を踏み入れたことのない森の奥のほうまで行ったそうです。やがてアリババはあの大岩のあたりに出ました。そこには薪にうってつけの乾いた枝がたくさん落ちていて、夢中で拾っていると、がさがさと遠くのほうから音がしてきました。

アリババは慌ててロバを茂みに隠し、ひときわ高い木に登りました。すると程なくして馬にまたがった赤いマントの男が、大勢の子分たちを引き連れてやってきたのだそうです。赤いマントのすぐ後ろにいるのは、太った坊主頭の男。そしてもう一人、蛇のようにずるがしこそうな目をした男。そんな彼らの後ろからぞろぞろと、袋を背負った黒覆面の男たちがついてくるのでした。

「一目見てわかった。泣く子も黙る大盗賊、ディング・ハッタンと二人の副頭目だ。太ったほうはゾウ殺しのマース。素手で人間の首をへし折る腕っぷし。やせたほうは死神ジグリド。盗賊団の頭脳だ。やつらに続くのはいずれ劣らぬ残虐な、三十七人の子分たち」

盗賊団は四十人がかりで町を襲い、歯向かうものはバッタバッタと斬り捨て、家々に火をつけ、人々がパニックに陥っているうちに財宝という財宝を根こそぎ持ち去っていくそうです。今まで彼らが持ち去ったお宝は数知れず、それをどこに隠しているのかというのは、このあたりの町々の最大の謎なのだそうです。

「僕は木の上で震え上がっていた。するとディング・ハッタンは大岩の前で馬を止め、両手を天に掲げ、叫んだ」

——開け、ゴマ！

「ディング・ハッタンは黒覆面の子分たちと中へ入っていき、しばらくすると大笑いしながら出てきた。『あの黄金の箱は楽器らしいが、誰か上手に弾けねえのか』なんて言ってたっけ。オルガンの弾き方を誰も知らないんだ、きっと」

子分たちがみな洞窟から出ると、ディング・ハッタンは再び大岩のほうを向き直り、岩の扉を閉じたそうです。

「で、やつらは砂漠のほうへ去っていった。僕はここでようやく木から降り、岩の扉の前に立ち、呪文を唱えてみたんだ。その……ちょっとぐらいお土産をもらっていってもいいだろうと思ってさ」

期待どおり、扉は難なく開きました。アリババは中に入り、宝の山に卒倒しそうになりながら、腰にいつも携えている布袋に金貨を詰め込めるだけ詰め込み、ロバにまたがって一目散にアコノンの町へ帰ったというのです。

「妻のサビーナに話をして金貨を見せると、そりゃもう喜んでさ。家の壁にできた穴を直して、好きなジャスミンの鉢植えを飾れる棚を買って、召使を雇おうと求人を出したら、すぐにモルギアナっていう賢くて料理のうまい女が来てくれた」

「金貨というのはずいぶん価値のあるものなのね」

「そりゃもう。僕が持ち帰った袋一つ分だけで、三年は遊んで暮らせる」

アリババはさらに続けました。

「こういうときに鼻が利くのが兄さんさ。普段はまったく遊びにこないのに、僕が洞窟に行った次の日にふらっとやって来て、暮らし向きがよくなったのに気づいたんだろうね。どうやって金を稼いだんだと問い詰めてきたんだ。僕はつい盗賊団の宝の隠し場所と、呪文のことをしゃべってしまった」

鼻息を荒くして興奮しながら、カシムはアリババの家を飛び出していき——すぐに三袋分の金貨を持って帰ってきたというのです。

「サビーナに金貨を渡して、『ガチョウの丸焼きを作れ』だなんて命令してさ。まあ、サビーナは優しいからガチョウを二羽買ってきて料理して、一羽を兄さんに届けたんだ。もう一羽は蒸し焼きにして、次の日のお弁当にしていたなあ」

まあそれはいいんだけど、とアリババは一息つきました。

「だけど兄さんは、翌三日の昼に隣家のおかみさんに見られたのを最後に姿を消してしまった。同じ町に住んでいるのに十日以上も会わないとさすがに不安で、いろいろ人づてに探し回ったんだけど誰も知らなくて、ひょっとしてと思って来てみたら……ああ、まさか洞窟の中で餓死していたなんて」

「おかしいわね」

赤ずきんは腕を組みます。

「カシムさんはどうして十日以上もずっと洞窟にいたのかしら？　さっさと宝を持って逃げてしまえばよかったじゃない」

「財宝を検《あらた》めている間に、盗賊団が帰ってきて見つかってしまった。それで閉じ込められたんだ」

「手足を縛られていた様子はないわ。それに、盗賊に見つかったのならその場で八つ裂きにされてもおかしくなかったでしょう？」

うう、とアリババは青ざめた頬に手をやりました。それを見て赤ずきんは、はっとしました。

「ごめんなさい。『八つ裂き』なんて残忍な言葉を」

「いや、いいんだ。それより、一日に僕が見たときから洞窟の中の宝が増えている様子はなかった。盗賊団は遠くの町を襲う旅に出ていて、一日以降今日まで洞窟には入ってないのかもしれない。だとしたら可能性はもう一つ。兄さんは洞窟の中で宝に夢中になっているうちに、扉を開く呪文を忘れてしまったんだ。『開け、ゴマ』をね」

アリババは悲しそうに、ロバの背に視線をやりました。

「兄さんはうちのサビーナと同じく、ジャスミンを育てるのが趣味だ。だから花には詳しいんだけど、食い物になる植物は腹の中に入ればいいっていうのが信条でさ、小麦と大麦の違いもわからないのさ」

「でも、『ゴマ』くらいは」

「『ゴマ』は兄さんには難しすぎる。目の前で光り輝く金貨の山に興奮しているうちに、兄さんの頭の中から呪文は水のように蒸発してしまったんだ。ああ、かわいそうなカシム兄さん」

本当にそうかしら、と赤ずきんは首を傾げました。一度は金貨を持ち帰ることに成功しているのです。しかも、餓死なんて――あそこで死ぬなら、首吊りでないと。

しばらく行くと、森を抜け、アコノンの町に入っていきました。ジュビダッドよりはだいぶ小さいですが、人は多く、活気に溢れています。立ち並ぶ家々の間には、迷路のように複雑な路地が張り巡らされていて、アリババとロバはその路地をぐねぐねと進んでいきます。

「ここが僕のうちだよ」

アリババが立ち止まったのは、小さな扉のついた細長い家の前でした。

「まあ、これは恐ろしいことだわ」

玄関に下ろした絨毯の中からカシムが現れたのを見て、アリババの妻、サビーナは口元を押さえました。頭から足までをすっぽり覆う白い布。面紗《めんしゃ》をつけ目以外は見えません。そのうえ、左手には手袋をしてずいぶん暑そうです。

「ああ、ああ、かわいそうなお義兄さん！」

その死体にすがって、おいおいと泣きだします。

そのとき、奥から一人の女性がやってきました。サビーナと同じく全身をすっぽり布で覆い、光をはじく白い面紗をつけています。違うのは、彼女の衣服がピンク色ということでした。

「ご主人様、お悔やみ申し上げます」

彼女はアリババに恭しく頭を下げました。声から、二十歳くらいではないかと思われます。

「モルギアナ。紹介しよう。旅人、赤ずきんだ。今晩、君が使っている部屋に彼女も泊めてやってくれ」

「かしこまりました」

「それから、明日は兄さんの葬儀をこの家でやろうかと思う」

「カシムさんの家で行えばいいのでは？」

「あんなに日当たりの悪い、路地の奥まったところにある家じゃ、人をたくさん呼べないよ。僕が唯一の肉親だから、満足のいく葬儀をしてあげなければ。手伝ってくれるね」

「お任せください」

頼もしさを感じさせる声で、彼女は答えました。

＊

一夜明け、カシムの葬儀の準備が始まりました。

「お客様なのにこんなお手伝いをさせてしまって悪いわ」

赤ずきんが日当たりのいい中庭にテーブルを運び出していると、サビーナが話しかけてきました。面紗からのぞく目が申し訳なさそうです。

「かまわないわ。食事をいただいたうえに、泊めてもらったんですもの」

アリババは昨日のうちに葬儀屋に足を運び、手筈《てはず》を整えていました。朝食をとるとすぐに、カシムの葬儀をすることを報せるために町へ行き、サビーナとモルギアナは弔問客を迎え入れるために家の掃除を始めたのです。もちろん、赤ずきんも手伝うことにしたのでした。

「葬儀が終わったら、ジュビダッドまであなたを送り届けてくれる人をきっと探すわ。西の市場には、遠くまで行くキャラバンが年中いるから……」

サビーナが言いました。

昨日赤ずきんはランベルソに帰ることも考えましたが、大臣の頼みというのが何なのか気になり、ジュビダッドに戻るとアリババたちに話したのでした。

「今はそんなことを気にしなくていいわ。義理のお兄さんの葬儀を、しっかりやり遂げるのが先よ」

「そうね、ありがとう」

「それにしても、きれいな花ね」

中庭の一角にタイル張りの三段の花台があり、白い花を咲かせた鉢植えがたくさん並んでいるのでした。

「ジャスミンよ。お義兄さんも育てるのが好きだったわ」

手袋をしている左手で、サビーナはその花を撫でました。

「でも、お義兄さんの家は日当たりがとても悪くて……あっ」

と、彼女は突然何かを思い出したようでした。

「そういえば赤ずきん、もう一つ、お願いしてもいいかしら？」

「私にできることなら」

「葬儀のあいだ、泥棒がいないか監視していてほしいの」

「泥棒ですって？」

「このあたりで名の知られたダリーラっていう女泥棒がいるの。彼女は変装の名人で、いろんなところに一人でもぐりこんでは、家具を盗んでいくのよ」

「家具なんて、一人でどうやって持っていくのよ」

「彼女は〝銀のクジャクの布〟という不思議な布を持っているらしいの。広げればライオンを包めるくらいの大きな布で、これで包まれた物は掌に載るくらいのサイズにしぼんでしまうんですって。もとに戻すには腰をくねらせる特別な踊りを踊らなければならないのよ」

まったく、なんて奇妙な魔法に溢れた世界へ来てしまったのでしょう。

「せっかくきれいに咲かせたジャスミンを、花台ごと盗まれたら大変よ。ダリーラは女性にしか変装しないらしいから、女性だけ見張っていてくれればいいわ」

「わかった。努力するわ」

赤ずきんが答えたそのとき、

「奥様」食堂のほうから、モルギアナが呼びかけてきました。「葬儀屋さんがいらっしゃいました」

「ああ、そう、ありがとう。じゃあ赤ずきん、ここはお願いするわね」

サビーナは玄関のほうへ去っていきました。モルギアナは、赤ずきんを見ました。

「台所のほうには食器の業者がやってきたわ」

この町の葬儀では、遺族が弔問客に料理を振る舞う習慣があるそうです。百人以上が参列するので、食事はもちろん、食器も貸してくれる専門の業者に頼むのが普通だということでした。

「赤ずきん、一緒に器を数えましょうよ」

「わかったわ」

昨晩、同じ部屋に泊まらせてもらった赤ずきんは、彼女とすっかり意気投合していたのでした。

「それから赤ずきん。あなたもこの町では肌を見せないほうがいいわ。頭はそのずきんで大丈夫だけど、顔はこれを貸してあげるから」

モルギアナは赤い面紗を差し出してきました。赤ずきんはそれを顔につけます。

「気に入った？」

「ええ。色がずきんと合ってるわ」

「合うように、私の持っている中から探したのよ」

赤ずきんはモルギアナと目を合わせて微笑みあいます。

「そういえば、手袋はしなくてもいいのかしら？」

「手袋をする人は少ないわ」

「でも、サビーナさんは」

「ああ、やけどをしちゃったとかで、今月の三日から手袋をしているのよ。大変そうよね」

「そういうことだったの」

赤ずきんとモルギアナは作業にとりかかります。

業者が持ってきた食器を数えているうち、仕出し屋によって魚料理や肉料理、スープにフルーツと、豪華な食事が運ばれてきました。それを器によそっていると、あっという間に葬儀の時間がやってきました。

赤ずきんはモルギアナと一緒に、中庭に出されたテーブルで料理をとりわけていました。葬儀会場となっている食堂で弔問を終えた人はこちらにやってきて、食事を取って帰っていくのです。

スープをよそいながら、赤ずきんは弔問客で溢れる食堂を見ました。葬儀屋が設えた祭壇の前にカシムの遺体が横たえられており、その前にずらりと並んだ八人の女性が、わんわんと声を上げて泣いています。

「カシムさんってケチで強欲だって聞いたけれど、人望があったのね。あんなに泣いてくれる人がいるなんて」

赤ずきんが言うと、隣でフルーツを切っているモルギアナがふふっと笑いました。

「あれは泣き屋よ。葬儀では泣いてくれる人がいないとカッコがつかないでしょ。だから、お金をもらって泣くという商売があるの。八人なんて、かなり奮発したのね」

「へぇー、アラビアにはいろんな商売があるのね」

そのときふと、赤ずきんは気づきました。泣き屋たちの前に一本ずつ、青い陶器の水筒が置かれているのですが、一番手前の泣き屋だけ、黄色い水差しなのでした。

「あの水筒は？」

「泣き屋は特に喉が渇くから、喪主が水筒を用意するのが習慣なの。あれを使えって、ご主人様が」

「どうして一人だけ水差しなの？」

「本当は八本セットだったらしいんだけど、一本見当たらなかったのよね。ご主人様も不思議がっていたわ」

なんだか引っ掛かるわと思いながら、赤ずきんはよそったスープを弔問客に出しました。

「おい、どこかに台はないのか？」

スープを受け取ったおじさんが、赤ずきんを睨みつけてきました。

「台って？」

「俺は左手がこれなもんでな、器と匙を両方持つことができんのだ」

おじさんの左腕を見て、赤ずきんは仰天しました。ひじから先が、石なのです。まるで、こぶしを握った彫刻のようでした。

「ナッツ割り職人よ」モルギアナが耳打ちしてきました。「この町ではナッツを練りこんだパンが人気でね、左手を石にした、ナッツ割りを専門とする職業の人がいるのよ」

「……どうやって石にするのよ？」

「石化《せっか》の泉っていうのがあるの」

アコノンの東の祠《ほこら》にある呪われた泉だそうです。泉の水に人体が触れると、その部分はたちどころに石になってしまい、十日のあいだは元に戻らないのだそうです。

「本当に不思議なことばかりね、アラビアは」

「おい、何をこそこそしゃべっとるんだ。器を置けるような台はないのか？」

モルギアナがとりなします。

「ごめんなさい。……赤ずきん、玄関の脇にベンチがあったでしょ？　あれを持ってきてくれる？」

「ああ、あれね。わかったわ」

赤ずきんは食堂ではなく、表に通じる狭い通路から普段は中庭に放し飼いにされているロバがつながれている脇を通り抜け、表に出ました。玄関の前には弔問客が十人ほど並んでいました。

「すみません、すみません、通してください、すみません……ん？」

玄関脇に行くべく、その人ごみを抜けようとして足が止まりました。

黒い服とターバンに身を包んだ一人の男性が、左手に小さな壺、右手に筆を握っているのです。その筆をびちゃりと、アリババの家の玄関の扉につけ、彼は素早く真っ赤な「×」を描きました。

「何をやっているの？」

赤ずきんが声をかけると、男はびくりとして振り返りました。次の瞬間、さっと人ごみの中に逃げていきました。

葬儀を行う家の扉に赤い×を描く……これもこの町の習慣だとでもいうのでしょうか。

「いや、そんなんじゃないでしょ！」

赤ずきんはすぐに中庭に取って返し、「来て！」とモルギアナの腕をつかんで再び表に出ました。

「何をするのよ赤ずきん。弔問客が次から次へと料理を取りに来てるのよ？」

「あれを見て」

玄関扉を指さし、今あったことを話します。モルギアナはその印を見て、不思議そうな顔をしています。

「どうして扉にこんな印をつけたのかしら？」

「きっと彼が、盗賊団の一味だからよ」

さらに不思議そうな表情を浮かべるモルギアナに、赤ずきんは説明します。

「盗賊団はカシムさんを餓死させただけでは安心できなかったのよ。カシムさんは仲間や家族に秘密の洞窟のことをしゃべってしまっているかもしれない。そして、その仲間や家族を早いうちに皆殺しにしなければ、秘密はさらに広まってしまうかもしれない」

「それがこの×印とどういう関係があるの？」

「盗賊団はカシムさんの遺体を、わざと洞窟の中に残しておいた。後々、仲間が現れたらその遺体を持ち帰り、葬儀を開くでしょう？」

モルギアナは、はっとしたように目を見開きます。

「遺体が回収された直後に葬儀を開いた家が、仲間や家族のいる家だとわかる。その家の目印として、これを描いたってことね？」

赤ずきんはうなずきます。

「このままじゃ近いうちに、この家は盗賊団に襲われるわ。今のうちにあの印を消しておかなきゃ」

「できるかしら」

モルギアナは扉に近づいて行き、赤い×を調べます。

「やっぱり。ニカワと蜂蜜を練って作った特別な塗料よ。水でも油でも落とすのは難しいわ」

「じゃあ削り取ってしまえば？」

「削った跡が残ってバレちゃう。こうなったら、盗賊の襲来を防ぐ方法は一つよ」

モルギアナは人差し指を立て、赤ずきんにウィンクをしてきました。

「今夜、二人でやりましょう」

＊

赤ずきんとモルギアナは小さな壺を抱え、アリババの家を出ました。真夜中を過ぎ、月明かりの下で町はすっかり寝静まっています。右手には、ガチョウの羽で作った大きな刷毛《はけ》。

「私はこっちの列を担当するわ。あなたはそっちの列よ、赤ずきん」

モルギアナは路地を挟んで並ぶ家々を刷毛で示します。赤ずきんは黙ってうなずきました。モルギアナは壺の中の真っ赤な塗料に刷毛を浸すと、隣家の扉に思い切り×を描きました。赤ずきんもそれに倣い、向かいの家の扉に×を描きます。

印を消すことができないならば、同じ印を町じゅうの家屋の扉に描いて、どの家かわからなくしてしまえばいい――モルギアナの立てた計画は、単純明快ながらもっとも効果的に思えました。

扉という扉に、×を描いていきます。町じゅうの家になんて骨が折れるわと思っていた赤ずきんですが、だんだん楽しくなってきました。モルギアナと向かい合うようにして五十もの×を描き終えたときでしょうか。路地が左右に分かれている分岐点にやってきました。

「赤ずきん、私は左の道へ行く。あなたは右の道ね。この先に広場があるから、そこで落ち合いましょう」

「わかったわ」

モルギアナの言った通り、赤ずきんは右の道を一人で進み、なおも扉に×を描き続けていきました。

背後で何かが倒れるような音がしたのは、モルギアナと別れてどれぐらい経ったときでしょうか。カタン、と音がしました。びくりとして振り返ると、木の桶がコロコロと転がっていました。誰かの家の前にあったものが風で落ちたのでしょう。

「びっくりした。……早くしないと、夜が明けてしまうわ」

作業に戻るべく、刷毛の先を壺に浸したそのときでした。

「うぐっ！」

背後から手が伸びてきて、面紗越しに口を押さえられてしまいました。壺と刷毛を落とし、両手をばたばたさせてもがきますが、

「動くな」

低い男の声と共に、ぎらりと光る物が眼前に現れました。鋭いサーベルの刃です。

「俺はディング・ハッタン盗賊団の者だ」

男は赤ずきんの耳に口を近づけて言いました。

「昨日の昼間、洞窟から死体を運び出しただろう？　死んだひげ男こそが、俺の兄貴を首吊りにした本人に違いないんだ！」

首吊り！　危機的状況にもかかわらず、求めていた言葉に赤ずきんは興奮してしまいます。洞窟の中のいろいろな状況が頭の中に蘇ります。そうよ、そうよね。やっぱりこの事件の死体は、餓死じゃなくて首吊りじゃなきゃ！　その謎、私なら解けるわ！

「うぐー、うぐー」

しかし、口をふさがれているのでしゃべることができません。

「ひげ男の葬儀を行ったお前たちもまた、仲間なんだろう。殺してやる。兄貴の復讐だ」

違う、違うわ。私はカシムの一族でもなければ、あなたのお兄さんを首吊り死体にした者でもない！

赤ずきんの呻き声は彼には届きません。サーベルの刃が、ぐぐぐぐっと、赤ずきんの喉に押し当てられました――。

シャハリアール２．

「待て、殺すな！」

思わず、シャハリアールは立ち上がった。

「赤ずきんは何か知っている。アリババと秘密の洞窟に入ったときからずっと、なぜか『首吊り死体』と思っていたのだぞ」

胸を掻きむしりながら、シャハリアールはまくしたてる。

「だいたい、なんだお前は。突然出てきたかと思うと、兄貴の首吊り死体の話など。赤ずきんにすべてを話すのだ。そうすれば赤ずきんはすべてを解決してくれる！」

ベッドの上で膝を崩したままのシェヘラザードは、エメラルドのような瞳でシャハリアールの顔を見上げているだけだった。バラの花のようなその唇は、動かない。

「……どうしたのだ、シェヘラザード。先を話せ」

答える代わりに彼女はすっと手を上げ、窓のほうを指さした。

「ああ！」

シャハリアールは頭を抱える。空が白んでいる。また、夜が明ける。

「も、もう少しいいだろう」

「いえ。もう夜が明けます。今日はここまでです」

「赤ずきんは助かるのだろうな？　せめてそれだけでも」

「お戻りください。そして少しでもお休みください。政務に差し支えます」

シャハリアールは歯を食いしばるものの、どうすることもできない。ここでシェヘラザードを殺すなど、とんでもないことだ。赤ずきんの物語の先を聞かぬことには、この先の生涯、気になって眠れぬだろう。

サーベルを拾い上げ、シャハリアールは扉へと向かう。

「今宵もお待ちしております」

背後から声をかけてくるシェヘラザード。シャハリアールは扉の取っ手を力任せに握り——ふと気になることに思い当たった。

「……シェヘラザードよ」

彼女を振り返った。

「はい？」

「話の途中で何度か、咳ばらいをしていたな。苦しかったのか」

シェヘラザードは意外そうな顔をして喉を押さえた。

「これはお聞き苦しいことで失礼いたしました。夜通し話していると、喉が痛くなってくるのです」

その美しい顔をしばらく眺めていたシャハリアールだったが、「また来る」とだけ言い、勢いよく扉を開けた。

＊

その夜、シャハリアールは猿のような二人の召使に壺と水差しを持たせ、《王妃の間》を訪れた。自ら扉を開いて中に入る。召使たちにベッド脇のテーブルに壺と水差しを置くように命じ、自らはいつもの場所で胡坐をかく。召使たちが頭を下げて出ていくと、

「これは？」

ベッドの上で、高い枕にひじをついて座っているシェヘラザードがテーブルを見て訊ねた。

「壺の中身は、蜂蜜漬けのレモンだ。喉によいと聞く。食べるがいい」

「私に？」

シェヘラザードは驚いた様子で起き上がり、ベッドから降りた。壺の中に手を入れ、薄切りに

されたレモンを一片つまみ、口に放り込む。

「美味しいです。ありがとうございます」

「勘違いするな。今宵、物語が完結した暁には、お前のその喉を掻っ切る」

シャハリアールは脇に置いたサーベルの柄を叩く。

「余は、女など信用せん。クテシポンの町から若い女は一掃せねばならん」

「そうでしたね」

「だが、赤ずきんの話が終わるまではその喉は大事にせよ。レモンはいくら食っても構わん。水も好きなだけ飲め」

シェヘラザードはにこりと微笑み、うなずいた。

「ありがとうございます。それでは今宵も王様をお誘いしましょう。不思議と謎《ミステリ》の溢れる、アラビアの夜へ」

赤ずきん2.

ぎらりと光る刃が、ぐぐぐぐっと赤ずきんの喉に食い込んできます。

「あの世へ行け」

もう駄目だわ。——ぎゅっと赤ずきんが目をつぶったそのとき、

「あいたっ!」

口元を押さえていた手の力が緩み、赤ずきんは盗賊の手から逃れることができました。振り返

ると、黒い覆面の男は頭を抱えてしゃがみ、そばに一抱えもある石が転がっていたのです。

「こいつめ！」

女の怒声と同時に、覆面男が立ち上がりました。いや、背後にいるモルギアナにロープで首を絞め上げられているのです。

「あの世に行くのは、お前のほうだよっ！」

「止めて、モルギアナ。私、その人の話を聞きたいわ」

モルギアナが力を緩めると、覆面男は膝に手を置き、咳き込みました。モルギアナはその男の頭に手をやり、覆面をぱっと剝ぎ取ります。二十歳にも満たないような少年でした。

「私は赤ずきん。あなたは？」

「げほっ、げほっ、ディング・ハッタン盗賊団のイース様だ」

「あなたのお兄さんは、宝の隠し場所の洞窟で首を吊ったのね？」

イースと名乗った男は、鋭い視線を赤ずきんに向けました。

「兄貴が自殺なんてするわけがない！　盗賊団の副頭目、マースだぞ！」

アリババが話していた二人の副頭目のうち、太っているほうです。

「洞窟で首を吊ったことを知っているなんて、やっぱりお前たちだろう！」

「ちょっと待って。私だって自殺だなんて思わない」

えっ、とイースは意外そうに目を瞠りました。

「お兄さんの首吊り死体を見つけたのはあなたなの？」

「……ああ」

「お願いだから、そのときのことを話してくれない?」

イースは戸惑っていましたが、やがて喉を押さえながら、ぽつりぽつりと話を始めました。

「あれは十六月三日の夕方のことだった。俺たちはアコノンから北に行ったところにある川沿いのアジトにいた。といっても、アジトは狭いから、お頭とその取り巻きしか入れない。俺たち下っ端は小屋の周りの草の上にめいめい寝っ転がっていた。俺はそういうときはいつも、他の奴らと離れて、木の根っこを枕にして寝ているんだ。その日もそうしていたら突然、俺の耳元で、ぴろぴろりと笛の音が聞こえたんだ」

顔を上げるとそこには、笛を咥えた兄のマースがいたそうです。

「『あの金ぴかの楽器の音楽を聴きたいだろう?』――兄貴は俺にそう言った」

「金ぴかの楽器……洞窟のオルガンのことね?」

ああ、とイースはうなずきました。

「兄貴は音楽が好きだから、奪った楽器は全部自分で演奏したがるのさ。『夜中に例の洞窟に来い。聴かせてやるから』って兄貴は言ったんだ。絶対に夜中になるまで来るなよって念を押してきたから、それまで練習するつもりだったんだと思う。誰かに習わずに弾けるようになるかどうか疑問だったが……」

「ディング・ハッタンに断りなしに洞窟に入っていいの?」

「兄貴と、もう一人の副頭目のジグリドさんだけは特別さ。ジグリドさんは三日の午前中にも、いくらか盗んだものを取りに洞窟に入ったらしいし」

ふんふん、と赤ずきんはうなずきます。

「それであなたは、夜中に行ったのね？」

「ああ。夜中になるまで待って、松明を持って行った。洞窟の前で待っていてくれるはずが、岩の扉は閉まっていて、誰もいなかった」

「あなたは、岩の扉を開けた」

「呪文は知っているからな。洞窟は開いた。でもさすがに勝手に一人で中に入るのはためらわれて、兄貴の名を呼んだ。出てこない。どうするかしばらく考えていたけど、このままではしょうがないだろうと入っていったんだ。曲がった通路を通って、奥の財宝置き場にたどり着いて、俺は腰を抜かしちまった」

財宝の上に倒れた黄金の椅子があり、天井からマースの首吊り死体がぶら下がっていたというのです。

「俺はすぐに椅子を踏み台にして兄貴の体を下ろそうとしたが、兄貴は胴回りがワインの大樽くらいある。とても一人じゃ下ろせねえ。勝手に洞窟に入ったとお頭に知られたらただじゃすまないことはわかったけれど、兄貴をそのままにしとくわけにもいかねえから、洞窟を出て扉を閉め、アジトに取って返して、お頭の小屋を訪ねた」

ディング・ハッタンは副頭目のジグリドたちと酒盛りをしていましたが、イースの報告を聞くと血相を変えて洞窟に向かったそうです。

「あなたも一緒に行ったのね」

「もちろんだ。あ、だがジグリドさんは後片付けをしとくとか言って、来なかったな。まあ、兄貴とはむかし、反目しあっていたから」

「反目しあっていた？」

「なんでも、ジグリドさんの妹を兄貴がもてあそんだとかなんとか……でもこれは解決済みだって兄貴、言ってたぜ」

「なるほどね。三日の夜のことを続けて」

「洞窟に着いたらお頭が扉を開け、四人で入っていくと、やっぱり兄貴がぶら下がっていて……」

洞窟内の踏み台になるものをかき集め、子分二人とイースの三人がかりでようやくマースを下ろしたのだそうです。

「お頭は兄貴が勝手に洞窟に入り込んだことにカンカンだったが、俺が泣きじゃくっているのを見て同情してくれた。そのあとは他の子分たちも呼んできて、兄貴の巨体を運び出し、野原で焼いて葬ったんだ」

ふむふむそうだったのね、と赤ずきんは納得します。対照的にモルギアナは不可解そうな顔をしていました。

「聞いた感じだと、あんたのお兄さん、自殺に思えるわ」

「違う。兄貴は、いずれはお頭のような立派な盗賊になるって言っていたんだ。そうなったら俺を副頭目にしてくれるって……」

うっ、うっとイースはむせび泣いたかと思うと、ぱっと顔を上げます。

「誰かが兄貴を殺したに違いない。だけどそれは盗賊団の中にはいない。なぜって、兄貴が死んだ日、アジトの周りを離れた団員は兄貴の他にはいないんだ」

イースは両手を握ります。

「兄貴を弔った後、お頭はスコタンチンノープルの町を狙うと言った。俺はそのあいだ暇をもらえないかと頼んだ。お頭は、洞窟に入らないことを条件に、認めてくれた。俺はそれから、洞窟の見える位置で見張ったんだ。すると昨日、やせっぽちのロバを連れた男と、赤いずきんの女が連れ立って洞窟の前にやってきて、扉を開けやがった」

「あなた、あのとき、見ていたの？」

赤ずきんは驚きました。

「ああ、そうだ。そのまま待っていたらお前ら、死体を運んで出てきたじゃねえか。誰だかわからねえが、あの死体が兄貴の死に関わっているのは間違いねえ。兄貴の巨体を持ち上げて死体に見せるのには人数が必要だ。俺は一族郎党全員殺してやると思ってお前たちを追いかけた。ところが、アコノンの町に入ったところで見失っちまった」

つくづくドジな盗賊です。

「だが俺はあきらめなかった。死体を持ち帰ったってことは、葬式を開くってことだ。町をぶらつきながら葬式が開かれる情報を探っていたら、朝になって、まさにあの背の低い男が『兄さんの葬儀を開く』って大声で触れ回っていたのさ」

それで弔問客に紛れて葬儀へやってくると、あとで家に忍び込んで全員を殺すために扉に赤い「×」の目印を付けたとのことでした。

「ところがどうだ、いざ夜中になって目印の家を探そうとしたら、あちこちの扉に×があるじゃねえか！　途方に暮れて歩き回っていたら、扉に×を描きまくってるお前が見えたんだ」

「それで襲ったっていうのね」はぁ、と赤ずきんはため息をつきました。「長々と、間抜けな話をありがとう」

「なんだと？　やっぱり殺してやる！」

肩を怒らせて迫ってくるイースに向けて、赤ずきんは人差し指を立て「一つだけ確認させてね」と言いました。

「お兄さんの死体を発見してアジトに戻ったとき、お頭はジグリドたちと酒盛りをしていたって言ったけど、お兄さんは元からその酒盛りに参加していなかったのね？」

「兄貴も酒は嫌いじゃねえ。だが弱くて、少し飲むとすぐひっくり返っちまうんだ。酒の強いジグリドさんがいる場で飲むのはまっぴらだって言ってた」

赤ずきんはこの答えに満足しました。

「初めから私にすべてを話してくれれば、簡単だったのに……って言っても無理な話ね。とにかく今から行きましょう」

「どこにだよ？」

「洞窟に決まってるでしょ。あなたのお兄さんがどうやって殺されたのか、解明してあげる」

＊

赤ずきんたちは一度アリババの家に戻り、夫婦を起こさないようにして松明を三本と二巻きのロープをバスケットに入れると、森へと向かいました。

洞窟の前に着いたときには、すでに東の空が明るくなりつつありました。謎解きを前にして赤ずきんはまったく眠くありません。他の二人もそのようでした。中に入るなと言われているから……とこの期に及んで躊躇するイースに代わり、

「開け、ゴマ！」

赤ずきんが呪文を唱えると、ごごごごと、岩の扉が開いていきます。この感じ、悪くありません。

「なあ、やっぱり俺、お頭との約束を……」

「お兄さんの死の真相を知りたいんでしょう？　この赤ずきんって子が、きっと解決してくれるわよ」

モルギアナが強引にイースの腕を引っ張り、洞窟に引き入れました。

「閉じよ、ゴマ！」

赤ずきんは扉を閉じたうえで、松明を頭上高くに掲げ、洞窟の中を照らしました。

「見てよ二人とも。扉の上のほうよ」

イースは目を凝らし、「何か打ち込んであるな」と言いました。

「割れ目の近くの天井に鉄の輪がある。今まで気づかなかったが……でもあれが、なんなんだ？」

「あの布は誰が張ったの？」

質問には答えず、赤ずきんは天井に張られている金色の布を松明で示しました。

「ジグリドさんさ。水滴が落ちるのが嫌だっていう理由で、三月《みつき》ほど前かな」

「その頃からチャンスがくるのを見越して準備していたのね」

「チャンス？　準備？　何を言ってるんだ」

首を傾げるイースの前で、赤ずきんはロープをバスケットから出して足元に置き、イースに言いました。

「ちょっと私のこと、肩車してくれない？」

「なんでだよ？」

「いいから」

イースは口をとがらせますが、モルギアナに松明を渡すと、赤ずきんのことをひょいと肩車しました。赤ずきんは手を伸ばし、金色の布の端をつかみ、一気に引きます。びりりと音がして、布は破れました。

「おいこら！　そんなことをしたらジグリドさんに……」

「いいのいいの」

赤ずきんはイースの肩から飛び降り、布の端を持ったまま、洞窟の奥へと走ります。びりりりりりと、布は天井から剝がれていきました。

「見て」

岩肌がむき出しになった天井に向けて、松明を掲げます。等間隔に鉄の輪が打ち込んであるのが見えました。

「何に使うのよ、あの鉄の輪は」

「まったくわからない」

モルギアナとイースはそろって首を傾げました。

「これの通り道よ」

赤ずきんは、ロープを拾い上げました。そして一度ほどき、二つ折りにし、ちょうど真ん中の折れ目部分に人の首が入るくらいの輪を作ります。

「来て」

ロープを持ったまま、二人を洞窟の奥へと導きます。

「わあ、ご主人様に聞いていたけれど、これはすごいわね！」

財宝の山の前まで来ると、モルギアナは目をキラキラさせました。赤ずきんはイースを振り返ります。

「お兄さんがぶら下がっていたのはどのあたり？」

「ちょうど今、お前が立っているあたりだよ。その梁から垂れ下がったロープで首を吊っていたんだ」

頭上を見上げると、鉄の梁が横たわっています。

「よく思い出してみて。そう見えただけじゃない？　ひょっとしたらあの鉄の輪からぶら下がっていたのでしょう？」

「ん？　いや、そうかもしれないが……そんなのどうでもいいだろう？」

「全然よくないわよ。イース、もう一度私を肩車してくれる？　モルギアナは天井を照らしていてね」

イースはもう文句を言わず、赤ずきんを肩車しました。赤ずきんはロープの両端をまとめて、梁の上を通しました。

「二人とも、ゆっくり出入り口まで戻るのよ」

言われたとおりに進んでいくイース。その肩の上で赤ずきんは鉄の輪が近づいてくるたび、ロープの端を二本まとめて通していきます。

「これは、まさか……」

松明を持つモルギアナには、赤ずきんが何をしたいのかがわかってきたようでした。やがて、イースと赤ずきんは岩の扉まで戻りました。赤ずきんは、割れ目近くの天井に付けられた輪に二本のロープを通すと、左右の扉の鉄の輪に一本ずつ結び付けました。

「さて、奥に戻りましょう」

ぴょこんとイースの肩から飛び降り、再び金貨の山の前まで行きます。

「厳密には長さの調節が必要だけれど、とりあえずこれで。……マースさんはお酒に弱く、少し飲むとすぐに酔い潰れてしまう。そうだったわね？」

そう言いながら、赤ずきんは梁から垂れ下がっているロープの輪に自分の首を入れ、洞窟の床に仰向けに横たわりました。

「この状態で、誰かが岩の扉の向こうで『開け、ゴマ！』と叫んだらどうかしら？」

「えっ、あっ！」

ここでようやく、イースは気づいたようでした。

岩の扉が両側に開けば、二本のロープは左右に引かれて、首にかかった輪を引っ張り上げることになります。当然、マースの体も引っ張り上げられ、首吊り死体が完成するというわけです。

「岩の扉が開く力は計り知れないほど大きい」

赤ずきんは首から輪を外しました。

「これなら一人でも、大きなマースさんを簡単に吊り上げて殺すことができるわ」

「ま……待てよ。じゃあ、兄貴を殺したのは……」

残酷な事実の前に、イースは青ざめます。

「それが、ジグリドの狙いだったんでしょう。マースさんのほうは解決済みだと思っていた妹さんのことをまだ根に持ち、一番ひどい仕打ちをしたの。弟に命を絶たせるっていうね」

「嘘だろ！」

イースは両手で顔を覆い、くずおれます。

「ちょっと待って」モルギアナが口を開きました。「赤ずきん、この方法を実行するにはマースに酒を飲ませて酔い潰れさせ、首に輪をかけなきゃいけない。でも、ジグリドにはそれができないわ。マースが夕方に彼に声をかけてから首吊り死体として発見されるまでのあいだ、ジグリドはずっと酒盛りをしていたんだもの」

「ジグリドには協力者がいたのよ」

「いねえよ」イースがすぐに否定します。「他の盗賊団のみんなにも、アリバイがあるんだ」

「何も盗賊団の中に仲間がいるとは言ってないじゃないの。仲間は、カシムさんよ」

えっ、と絶句するイース。代わりにモルギアナが質問します。

「ジグリドとご主人様のお兄さまはつながっていたというの？」

「アリババがディング・ハッタン一味を目撃して呪文を知ったのが、一日のこと。それを知ったカシムさんが初めてこの洞窟を訪れたのが二日。そして、三日の朝を最後に、カシムさんの姿は目撃されていない。……ところで、ジグリドが奪ってきた財宝を洞窟へ取りに行ったのは、いつだったっけ、イース？」

「……三日の午前中だ」

イースが放心状態で言いました。

「その日、味をしめたカシムさんはもう一度金貨を盗もうとここに侵入していたんでしょう。そこを、ジグリドに見つかった。命乞いをするカシムさんを見て、ジグリドは『こいつは使える』と思った。命を助ける代わりに、あることを命じ、ロープの仕掛けを作ったうえでカシムさんを残してアジトに戻った」

「あることって？」

不思議そうな顔をしているモルギアナに、赤ずきんは告げました。

「オルガンの名人のふりをすることよ」

はっ、とイースが息をのみます。

「仲間のもとに戻ったジグリドは酒盛りに向かう前、マースさんを呼び出してこう言ったの。『あの楽器を弾ける者を捕まえて洞窟に閉じ込めてある。あれが弾ければお頭を喜ばせることができるぞ。お前、行って弾き方を学んできたらどうだ？　そのあと、まず弟に聞かせてやれよ。お頭は俺が酒盛りで引き留めておくから、洞窟に弟を勝手に入れたことはばれないようにしてやる』――音楽が好きなマースさんは喜んでこれにとびついた」

一方、洞窟で待ち構えていたカシムはマースを迎え入れ、「飲んだほうがうまく弾ける」などと唆して酒を飲ませて酔い潰したうえ、首に縄をかけて再び扉が開くのを待った。

「真夜中に入ってくるあなたに目撃されないように、ジグリドはきちんと、隠れ場所までカシムさんに指定していたんだわ」

赤ずきんは金貨の山をぐるりと周り、アメジストの大壺をぽんと叩きます。

「その中になら一人くらいは隠れられるわね」

イースは目を真っ赤にはらしています。

「……兄貴のやつ、音楽好きの俺を一番に楽しませようとして……」

そして足をだん、と踏み鳴らしました。

「許さねえ！　許さねえぞ、ジグリドのやつ。俺が殺してやる！」

赤ずきんたちが止める間もなく、出入り口に向けて走っていきます。曲がった通路の向こうから、「開け、ゴマ！」の声と、扉が開く音が聞こえました。目の前で、輪になったロープが天井に上がっていきます。

「あいつ、武器も持たずに行っちゃった。返り討ちにされるんじゃないの？」

モルギアナが言いました。

「わからないわ。けどそれは盗賊同士の争いの話。私たちは、もう一つの重要な事件を解決しなきゃいけないわ」

「もう一つの？」

「カシムさんのことよ。ジグリドにとってカシムさんはマースさんを殺してくれる駒にすぎなかった。マースさんが吊り上げられたところを見届けたら帰っていいと言われていたはずよ。でも実際にはこの洞窟を出ることなく餓死してしまった。おかしいでしょ？　じゅうぶん時間があったはずなのに」

「カシムさんは『開け、ゴマ！』という呪文を忘れてしまったのよ。だからイースが死体を発見するために入ってきたときにはもう一度、水瓶の中に隠れたんだわ」

「呪文を忘れたとしても、そのあとのことがやっぱりおかしいわ」

「どうして？」

「マースさんの死体を発見したイースは、盗賊団の助けを呼びに戻った。そのときに『開け、ゴマ！』と呪文を叫んだはずじゃない」

今さっき、洞窟を出ていくときにイースが叫んだ「開け、ゴマ！」の声は、二人がいる場所まででしっかり届いていました。

「命が助かるかどうかというところで、聞いたばかりの呪文を忘れるとは考えにくいわ」

「たしかに……でも、じゃあどういうことなのよ」

「カシムさんも殺されたの。ジグリドに目をつけられたのとは、まったく関係なくね」

「まさか」

啞然とするモルギアナに背を向け、赤ずきんは金貨の山を登っていきます。そして、カシムが倒れていた周辺に散らばっている、青い破片を拾いあげました。

「なんなの、それは？」

「陶器の破片よ」

訊ねてくるモルギアナに、赤ずきんは答えました。

「あなたも拾うのを手伝ってモルギアナ。これが、カシムさんの死の真相を明らかにしてくれるわ」

二人で陶器の破片を拾い、赤ずきんのバスケットの中に入れていきます。そして出入り口までやってきたとき、

「あっ」モルギアナは口元を押さえました。「ごめんね赤ずきん、私、大事なものを落としてきてしまったわ。すぐに戻るから、外に出ていて」

赤ずきんの返事を待たずに、モルギアナが洞窟の中に戻っていきます。赤ずきんは見送りながら、首をすくめたのでした。

＊

赤ずきんとモルギアナがアリババの家に戻ると、アリババが心配そうに二人を迎えました。

「ど、ど、どうしたというんだ二人とも。朝からどこに？」

「お宝の洞窟よ」

悪びれることなく答える赤ずきんです。アリババは「あ、あ、あ……」と呻きます。

「盗賊団に見つかったらどうするんだい。殺されちまうぞ」

「大丈夫よ。長旅に出ていてしばらく戻らないわ」

赤ずきんとモルギアナは食堂へ進みました。中庭へ通じる戸を開けると、サビーナが花台の植木に水をあげていました。ジャスミンの植わった鉢が、七つほど増えています。

「あら、モルギアナに赤ずきん。朝のお散歩にでも行ってきたの？」

「まあ、そんなところよ」

赤ずきんは答え、モルギアナに目配せをします。モルギアナが台所へ行くのを見送り、赤ずきんは中庭に出ていきます。

「新しい鉢植えね」

「そうよ。買ってきたの」

やっぱりね、と赤ずきんは思いました。

「見たところ七つあるけれど。朝から市場に行ってジャスミンの鉢植えを七つも？」

「そうよ」

「それにしては、ずいぶんとしなびているわね。もっと元気のいいのを買ってきたらいいのに」

「それは私の勝手だわ」

「赤ずきんよ、いったいなんだっていうんだい？」

追いかけてきたアリババが眉をひそめながら訊きました。

「私とモルギアナは今朝、事件を解決してきたの」

葬儀の途中にイースが玄関扉に×印を描いていたことから、昨晩に起きたすべてを赤ずきんはアリババに話して聞かせました。

「な、な、な、……それは本当のことなのか？」

「本当です、ご主人様」

台所から戻ってきたモルギアナが答えます。両手に持った箱の中には、七本の青い陶製の水筒が入っていました。

「それじゃあ、カシム兄さんは盗賊にいいように使われたうえで殺されたっていうのか！」

「違うわ」きっぱりと赤ずきんは言います。「ジグリドはカシムさんを殺してはいない。洞窟に閉じ込められていたって、カシムさんは呪文を知っている。イースが扉を開けるところを聞いていたのだから、呪文を忘れるなんてことはない。餓死なんておかしいじゃない」

「じゃあいったい……」

言葉を失うアリババ。妻のサビーナは穏やかな目つきのまま、ジャスミンに水をあげています。

そんなサビーナを見つめ、赤ずきんは質問をします。

「ねえサビーナさん、あなたはどうしてジャスミンが好きなの？」

「ジャスミンは苛烈な太陽のもとで、こんなに美しく清楚な花を咲かせる。わたしたちの希望の象徴だわ」

鉢植えから目を離すことなくサビーナは答えました。

「ねえサビーナさん、あなたはどうして左手にだけ手袋をしているの？」

「あれは二日の夜だったかしら。ランプの油を替えようとして、やけどをしてしまったの」

「じゃあサビーナさん」

赤ずきんはその顔に、びしりと人差し指を突き付けます。

「あなたの犯罪計画は、どうしてそんなに杜撰なの？」

ぴたりと、サビーナの動きが止まりました。

「カシムさんを殺したのはあなたね？」

「な、な、な、……あ、あ、あ、赤ずきん……」

アリババは心臓のあたりを両手で押さえ、口をパクパクさせています。

「アリババさんにはショックな話だろうけれど、サビーナさん以外にありえないのよ」

サビーナは何も言わず、首をちょこっと傾げました。

「カシムさんは呪文を忘れたんじゃない。言いたくても言えなかった。……口が石になって使えなかったからね」

「はあっ！」

アリババはついにその場にくずおれました。モルギアナが水を入れたコップをアリババに差し出します。アリババはそれを一口飲み、

「あ、あ、ありがとうモルギアナ……しかし、兄さんの口が石になってしまったというのはどういうことなんだ」

「石化の泉の水を飲んだからよ」

「東の祠の泉のことかい？　たしかにあれを飲んでしまうと、口から喉から腹の中まで石になってしまう。もとに戻るまでの十日間、声は出せないから呪文を口にできないし、食べ物も飲み物もとれないから餓死してしまうだろう……でも、それだけ危険な水なんだ、間違って飲むはずがない」

「誰かに、その泉の水を入れた水筒を持たされたとしたらどうかしら」

赤ずきんはバスケットの中から、青い陶器の破片を三つ取り出して見せました。

「カシムさんの死体があったそばに落ちていたものよ。アリババさん、見覚えがない？」

「そ、そういえば」

アリババは、モルギアナを見ました。箱の中にあるのは、まぎれもない青い陶器の水筒です。アリババは赤ずきんから受け取った破片を、水筒と見比べました。

「間違いない。その水筒の破片だ……三年前、友だちが引っ越すときに荷物になるからって八本セットでくれたものだ。兄さんの葬儀で雇った泣き屋さんは八人だったから、ちょうどいいと思っていたのに、なぜか一本足りなかった」

「カシムさんが三日に、洞窟の中に持っていったのよ」

「どうしてうちの水筒を兄さんが……いや、たとえそうだとしても、中に石化の泉の水が入っていたとは証明できないだろう？」

「カシムさんのあごひげ、覚えてる？」

「先っちょが切られて、胸ポケットの中から見つかった……。洞窟の中にひげを切れるような刃物はなかったけれど……それがどうしたんだい？」

「カシムさんは水筒の水を飲んでいる最中から、喉の中が固まってきたのを感じ、慌てて水筒を口から離した。このときあごにこぼれた水のせいで、あごひげまで石になってしまったのよ。焦って洞窟の中を駆けずり回り、壁にぶつかったかして、細くなったひげの先の部分が折れてしまったんじゃないかしら？」

「そ、そうか。兄さんはひげが自慢だったから、折れた先っちょを拾ってポケットに入れたんだ」

十日経って泉の魔法が解けるのと同時に、ポケットの中の石もひげに戻り、あごひげの先が不自然に切り取られた死体が出来上がったというわけでした。

「あなたの家にあった水筒に石化の泉の水が入れられ、それを持たされたカシムさんが洞窟の中で中身を知らずに飲んでしまい、そのまま餓死させられてしまった。この推理にサビーナさんも同意してくれるわね？」

サビーナのほうを向いて、赤ずきんは訊ねました。サビーナは肩を軽くすくめ、

「それがどうして私だって言えるの？　その水筒は、主人にだってモルギアナにだって使うことができたわ」

「あなたたちの暦でいう十六月二日のこと。あなたはカシムさんから預かった金貨を使ってガチョウを買い、モルギアナと一緒に丸焼きを作った。それを、カシムさんの家に持っていったわね」

「ええ」

「そのとき、カシムさんはあなたに告げたのでしょう？『明日も金貨を盗みに行く』って。カシムさんを亡き者にするチャンスだと思ったあなたは、『明日、お弁当を届けますからね』って申し出たのよ」

「はっ！」

アリババが何かに気づきました。

「そういえば三日の朝、お前はパンに余ったガチョウの肉の蒸し焼きと豆のソースを挟んだ弁当を作っていたな。それを布に包んで……あれは、兄さんのためのものだったな」

「その前に彼女は、水筒を一本持って東の祠に行き、石化の泉の水を汲んだはずよ。二日の深夜

か、三日の早朝にね」

面紗に遮られて表情の全容は見えませんが、サビーナは笑みを浮かべたようでした。

「あなたは三日、アリババさんが薪拾いに出かけていったあと、約束通りカシムさんに会いにいった。彼に渡した包みの中には、お弁当の他に石化の泉の水を入れた水筒が入っていた。あなたはカシムさんに念を押すように言ったの。『必ず、洞窟の中で食べるのよ』って」

赤ずきんは言葉を一度切り、サビーナの顔を見つめます。

「盗賊ジグリドにカシムさんが見つかってしまったのは予想外のことだった。だけどカシムさんにとっては、生死がかかった問題よね。お弁当もお水も喉を通らず、とにかくマースを騙すことだけに気持ちを集中させた。深夜、吊り上がったマースを見て、ようやく人心地がついたカシムさんはあなたのお弁当を食べ、水を飲んだ。そして、呪文を発せない口になってしまったのよ」

やってくる盗賊たちをやりすごすためにアメジストの壺に隠れ、やっと出た後、十日間食事をとることができず、死んでしまった……

「三日以降カシムさんの姿が見えないことで計画が成功したのを悟ったあなたは、十日が過ぎたあとこっそり洞窟へ行き、カシムさんの死体を確認して、お弁当を包んだ布などを回収したのね。でも、カシムさんが水筒を割ってしまっていたのは計算外だったんだわ。慌てて破片を回収したのでしょうけど、いくつかはこうして残ってしまっていたの」

赤ずきんの手の中の青い破片を、じっと見つめるサビーナ。しかし、すぐに首を振ります。

「石化の泉なんて、危なくて近づいたことはないわ」

赤ずきんは、そんなサビーナの左手を指さします。

「モルギアナによれば、その手袋は三日からしているそうね」

「何度も言わせないで。やけどをしてしまったのよ」

「いいえ。水を汲むときに水がかかって、石になってしまったのをごまかすためでしょう？　十日経ってもまだしているということは……」

赤ずきんはサビーナの手袋をつかみ、さっと取りました。

「あっー！」

アリババが叫びました。サビーナの左手に、小指がありません。しかもその断面は、元からそうだったようにまるで傷跡などないのです！

「カシムさんのひげと同じことだわ」

「ああ……ああ……」アリババはぼろぼろと涙を流しています。「なぜだ、なぜ、サビーナ。僕の兄さんを……」

サビーナは、もう言い返すことはないというように目を閉じていました。

「私のカンだけど、動機はこれじゃないかしら」

タイルの貼られた花台のほうに、赤ずきんは顔をやりました。

「カシムさんもジャスミンを育てるのが好きだった。だけどカシムさんは鉢植えをわざと日当たりの悪いところに置いていたのね。サビーナさんのジャスミンと比べたら、その大きさは一目瞭然だわ」

のびのびと葉を茂らせるサビーナのジャスミンの隣に、新たに並べられた七つの鉢植え。ジャスミンは、葉もしなび、花は小指の先ほどの大きさしかありません。

「サビーナさんはいたたまれなかったのよ。カシムさんに言っても、日なたに出す様子はなかったんでしょう」

「ま、ま、ま、まさか」

アリババは両手で頬を挟むようにして叫びました。

「ジャスミンを日当たりのいいところに出すために、兄さんを殺したっていうのか？　そんなことのために……」

「そんなこと、ですって!?」

サビーナは陶器が割れるような大声を出しました。アリババがびくりと震えます。

「この子たちがどれだけ苦しんでいたか、あなたにわかるっていうの？　お義兄さんの家に行くたび、私にはこの子たちが助けを求める声が聞こえてくるようだったわ。太陽が見たい。ギラギラした、命の光が見たいってね！」

妻の豹変ぶりに、アリババは言葉を失っていました。

「この子たちにとって太陽の光は食事と一緒よ。お義兄さんにはその苦しみを知ってもらわなければならなかったわ。だから何も食べられなくして、光を奪われた洞窟の中で死んでもらわなければならなかったの！」

「お、お、お、サビーナ……お前は……なんてことを……」

「失礼！」

アリババが泣いていると、玄関のほうから赤いターバンを巻いた屈強な男たちが三人、食堂に現れました。同時に中庭の、表通りに通じる通路からも三人現れます。

「アコノン司法局の廷吏である。この家に殺人者がいるという報せを受け、やってきたが」

「ずいぶん遅かったわね」

赤ずきんとモルギアナは、洞窟からの帰り道、司法局に寄ってきたのです。廷吏の出動には手続きがあって、少し時間がかかると言われたので先に帰ってきたのでした。

「殺人者はもう自白したわ。連れていって」

赤ずきんがサビーナを指さすと、廷吏たちは驚いて顔を見合わせていました。しかしサビーナが何も言い返さずに落ち着いているのを見て状況を理解したらしく、一人の廷吏が彼女を縄で縛ります。

「……アリババ」

連れていかれる直前、サビーナは青くなって震えている夫に声をかけました。

「この子たちに毎日水をやるのを忘れないようにね」

落ち着いた声でした。

去っていく妻を、アリババはなすすべなく見送るだけです。

「ん？」

そのアリババの足元に、赤ずきんは何か小さい紫色のものが転がっているのを見つけました。大きさと形からナッツのようにも見えますが……さっ、と拾い上げました。

嘘……。

それを見て、赤ずきんはもう一つの秘密を知ったのでした。

＊

アコノンの町の大通りは、人が溢れて活気があります。ナッツの袋を売りつけようとしてくるおじさんをやり過ごし、赤ずきんとモルギアナは西の市場を目指しています。

「紅い胡椒隊《こしょうたい》」というキャラバンが、これから砂漠を越えてジュビダッドへ向かうという情報を得たのでした。十二日間という長い道のりですが、はるか西の森の中のわが家を直接目指すよりはジュビダッドへ戻って、指輪の魔人に頼むほうが現実的でしょう。

「それにしても惜しいわね、赤ずきん」

モルギアナが言いました。

「その才能があれば、この町で商人としても十分成功できるのに。私と一緒にお店を開かない？」

「私には商売の才能はないわ。人の嘘を見破ったり、秘密を暴くのが得意なだけだもの」

人ごみの向こうに、赤いテントの屋根が見えてきました。首に目印の赤い布を巻きつけたラクダが二十頭ばかり並んでいます。あれが紅い胡椒隊でしょう。

「ねえモルギアナ」

今度は赤ずきんのほうから話しかけました。

「あなたの秘密は黙っておくわね」

「秘密って？」

「あなたの正体が女泥棒、ダリーラだってことよ」

モルギアナはぴたりと足を止めました。赤ずきんもまた立ち止まり、彼女の目を見ます。

「何を言っているの？　私が泥棒だなんて」

そう言うモルギアナの目は笑っていませんでした。

「サビーナに聞いたの。ダリーラは〝銀のクジャクの布〟という不思議な布を持っている。ライオン一頭をまるまる包めるほどの大きな布で、これで完全に包まれた物はぎゅっと縮小されて運びやすくなる。腰をくねらせる特別な踊りを踊れば、その物はもとの大きさに戻る」

「たしかに、その話は私も聞いたことがあるけど？」

赤ずきんは掌を開いてモルギアナに見せました。さっきアリババの家で見つけた、紫色のナッツを見せました。モルギアナの顔がみるみるうちに赤くなります。

それはナッツなどではなく、洞窟の中でカシムが隠れたアメジストの壺だったのです。

「どうしてこんなに小さくなってしまったのかしら？」

訊ねながら赤ずきんはニヤリと笑いました。

「洞窟を出ようとしたとき、『大事なものを落とした』なんて言って戻ったわよね、モルギアナ。たしかにあなたにとっては大事なものだったに違いないわ。……盗賊の財宝をずっと狙っていたんですものね」

そして赤ずきんは、モルギアナの光をはじく白い面紗を指さしたのでした。

「折り畳まれて、そんなに大胆に見せられていたら誰も気づかないわよね、それが〝銀のクジャクの布〟だなんて。でもそれ、忘れ物を取りに戻ってきてから、ちょっと耳のところがずれているのよ」

　はっとしたように耳に手をやるモルギアナ。すべてを赤ずきんに見透かされていることを悟ったに違いありません。

「あなたをアコノン司法局に突き出すようなことはしないわ。でも、世の中には私のように秘密を見抜くのが得意な人間もいることを忘れないようにね。……見送りは、ここでいいわ」

　モルギアナ――ダリーラに背を向け、赤ずきんは紅い胡椒隊に向かって歩き出します。

　旅をしていればいろんな出会いがあるものだわ。ああいう悪人だってたまには――。

　ふぁさっ、と風のような音がして、赤ずきんは銀色の世界に包まれました。

「――えっ？」

「ただで行かせるわけにはいかないよ。私の正体を知ってしまったからにはね」

　モルギアナの低い声が耳に届くと同時に、赤ずきんは自分の体がみるみる小さくなっていく感覚に見舞われます。

「待って、ちょっと、待ってよ！」

「私のことをさんざんバカにしてくれたね。あんたは私と一緒に行くことになったんだよ、赤ずきん。そうだね、楽しんだあとは見世物小屋にでも売り飛ばしてやろうか。それとも、猫のエサにでもしてやろうか」

　へっへへという女泥棒の笑い声はやがて、不思議な布の向こう、天高く上っていくのでした。

シャハリアール3.

「なんだと！」

シャハリアールは、思わずどすんと拳を床に叩きつけた。

「裏切ったのかモルギアナ！　というか、お前が女泥棒だったのか！」

「人をあまり信じすぎてはいけないものですね」

シェヘラザードは平然と笑っていた。

「……小さくなった赤ずきんはどうなってしまったのだ？　よもや本当に猫のエサにされてしまったのではあるまいな」

「それは」と、シェヘラザードは窓のほうを向いた。「また今夜お話ししましょう」

空はすっかり明るくなっていた。

「おい、おい、それはないぞシェヘラザード！　赤ずきんの安否を知ることなく、私は政務などできん。多少寝不足になってもよい。話せ」

「本日はマリピ王国のダマンサ・ダムーサ王がいらっしゃると聞きましたが」

「ああ、そうだった！」

ダマンサ・ダムーサ王はアフリカ一の黄金の持ち主。気に入られればペルシャの国益も上がろうが、気を損ねると大損を被るかもしれない。おろそかにしていい相手ではなかった。

「……仕方あるまい。余は、王だ」

シャハリアールはサーベルを持って立ち上がる。少し、眠ろう。

「王様」

扉の取っ手に手をかけたとき、シェヘラザードが話しかけてきた。

「レモンはまだ余っていますが」

「全部食べるがよい。むしろ、あとで新しい物を届けさせる。そなたも眠れ。そして喉を大事にするのだ」

シェヘラザードはこれを聞き、嬉しそうに微笑んだ。

「ありがとうございます。今夜も必ずおいでくださいませ。夢と謎《ミステリ》の重なり合う、アラビアの夜へ――」

シンドバッドと三つ子の事件

シャハリアール1.

クテシポンの町は今日も夜の底に沈み、星々に見守られながら静かな音楽に包まれている。宮殿と渡り廊下で結ばれた《王妃の間》で、シャハリアールはベッドの前の床に胡坐をかいている。絹のシーツの上ではいつものようにシェヘラザードが足を崩している。

今宵、この部屋にいるのは二人だけではない。赤い上着を羽織った召使が一人、湯沸かしの前に控えている。

「両腕にはじゃらじゃらと金の輪が七つずつつけられていてな、首からは赤青黄色の宝石をあしらった首飾りをつけているんだ。それだけじゃないぞ、頭に載せた王冠にはスイカほどの大きさのルビーがついていて、重さで首がめり込んでいたぞ」

大きく身振り手振りをしながらシャハリアールは、昼間に歓待したマリピ王国のダマンサ・ダムーサ王の話をシェヘラザードに聞かせていた。

「美しき黒い肌の女を十二人も控えさせていて、彼女らもまた、見たこともない金色の首飾りをしているんだ。王は彼女らに向かって聞き取りにくい言葉でつまらん冗談を言うと、大口を開けて傍若無人に大笑いする。上の歯も下の歯もみーんな金歯にしていて、悪趣味ったらなかったぞ」

シェヘラザードは口に手を当てて微笑んだ。ここのところ、もっぱら話を聞かせる側であった彼女が、自分の話に笑っているのを見て、シャハリアールは心地よさを覚えた。

「あれだけの黄金を持ちながら、それをまったく使いこなせていない。滑稽なことだが、あの財力は味方につけておいたほうがいいだろう。余は必死に気を遣い、ペルシャ中の珍味を並べ、音楽を聞かせ、劇を見せ、歓待してやった。ダマンサ・ダムーサ王め、満足して帰っていった」

「それは本当に、すばらしいお仕事をされました。君主として素敵なことですね」

「お前がそう言ってくれると、心も休まるというものだ。そうだシェヘラザード、今宵はこれを持ってきたぞ」

シャハリアールは金色の刺繍の施された、大きなクッションを差し出した。

「お前、いつもベッドの上で枕にひじをついて話しているだろう。だがその枕は少し高いようだ。これに替えるがよい」

「ありがとうございます」シェヘラザードはなぜか慌てたように言った。「ですが、私はこの枕が気に入っていますので」

「遠慮するでない」

「いいのです……あっ！」

シャハリアールは立ち上がり、枕を無理やり取り除いた。枕の下には白いクッションがあり、枕とクッションに挟まるように青い小箱があった。

「なんだこの箱は？」

「この部屋にもともとあったものです。枕の下に敷いて眠ると、首の凝《こ》りが取れて気持ちいのです」

おかしなことを言う女だ。シャハリアールが首をひねると、

「ココアが入りました」

召使が言った。テーブルの上の二つのカップはいつしか茶色い飲み物で満たされ、湯気を立てている。

「ご苦労であった。あとは自分でやる。もう下がってよい」

深々と頭を下げ、召使が出ていく。枕を元に戻し、シャハリアールはベッドから離れた。扉が閉められるのを見届けたあとで、カップをシェヘラザードに手渡した。

「飲め」

「これはなんでしょうか」

「マリピ王国で飲まれている、ココアという飲み物だそうだ。美味いぞ」

「いただきます。……本当ですね、甘くてとてもおいしいです」

「とろりとした舌触りはココアの実を加工したものだそうだが、甘さについては教えてくれなかった。アフリカにはわからぬことが多い」

「そうですね」

シャハリアールとシェヘラザードは同時にカップに口をつけ、ココアをすすり、顔を見合わせ……、同時に、ほっと息をついた。

「優しい味がします」

「まったくだ」

だがここで、シャハリアールははっとした。

「落ち着いてばかりもいられんのだシェヘラザード。余は赤ずきんの物語の続きを聞きにきたのだから」

「ええ、わかっております」

シェヘラザードはベッドサイドのテーブルにカップを置き、いつものように枕にひじをつく体勢になる。

「女泥棒ダリーラに小さくされてしまった赤ずきんはどうなった？」

「売り飛ばされてしまいました」

「なんだと？」

先ほどまでの優しい気持ちはどこへやら、シャハリアールの中に怒りと興奮がこみあげてくる。

「どこのどいつだ赤ずきんを買ったのは！　余がそいつから買う！　黄金をいくら出してでも、ダマンサ・ダムーサ王に肩代わりさせてでもだ！」

「落ち着いてください、王様」

シェヘラザードはエメラルドのような瞳をシャハリアールに向けた。

「赤ずきんは危機を切り抜けます。勇気と大胆さ、そして類《たぐい》まれなる幸運に恵まれた、ある船乗りと共に――」

赤ずきん1.

ゆーらり、ゆーらりと船が揺れるたび、鉄の檻は床をずざざー、ずざざーと滑っていき、他の檻にがちゃんとぶつかります。

「きゃあ！」

〈ぎゃあ！〉

赤ずきんが叫ぶのと同時に、向こうの檻に入れられている猿もまた叫びました。

〈驚くじゃねえかこの野郎！　何回ぶつかってくりゃ気が済むんだ！　ききっ！〉

ごろごろごろごろと、檻にロープで結わえ付けられている重し代わりのナツメヤシの実が遅れて転がってきました。

「私のせいじゃないって言ってるでしょ」

赤ずきんは吐き気を抑えながら答えます。初めは強気に言い返していたのですが、だんだん船酔いしてきたのでした。

〈顔が青いぞお前。こっちに向かって吐いたら、ただじゃおかねえからな、きいっ！〉

赤ずきんは、胸を押さえるだけにとどめました。

〈どうしてこんなに揺れるのかしら〉

〈おい、出せ、俺をここから出せ！〉

〈ああ、降ろしてください、この世に神はいないのか、ああ……〉

周囲の檻の中には、兎や猫、きつねなどの動物が入れられていますが、船の揺れに口々に文句を言っていました。指輪の魔人によって赤ずきんの右耳あたりにつけられたイーリス鳥の羽は、知らない言葉を赤ずきんがわかる言葉にしてくれる優れモノなのですが、動物たちの声まで聞こえてくるのは、時として煩《わずら》わしいものでした。

ああ、私はなんて不幸なのかしら……赤ずきんは自分の運命を呪いました。

〝銀のクジャクの布〟によって、体を小さくされてしまったのはもう五日も前のことです。モルギアナなどと名乗って赤ずきんを騙し続けたあの女泥棒ダリーラは、抵抗する赤ずきんをひょいと摘み上げて、陶器の壺に入れて蓋をしました。分厚い陶器は、赤ずきんの声まで封じてしまいました。

蓋がはずされたのはその日の夕方です。壺を覗き込んできたのは、前歯の抜けたしわくちゃ顔の男でした。

「おーほほ、本当だ。小さくて、かわいい女の子だ」

男はいやらしい笑みを浮かべると、

「買った。400ディナールでけっこうだ」

「まいどありぃー」

すっかり商売人っぽいダリーラの声を最後に、また蓋がされました。

その晩、赤ずきんは、壺からこの檻に移されました。

「私は小鳥じゃないわ、出してよ！」

「おーほほ、威勢のいい赤ずきんちゃんだ。いいかい。おいらはジムザム。マダガスカルにまで名の知られた動物曲芸団の団長だ。明日、モガデシュでの興行に向けて、このバーソラーの港を発つ。ほほ、君みたいな小さな人間を見たら、モガデシュの連中、おひねりをはずんでくれるだろうさ」

「私を見世物にするつもり！　この、この！」

檻の柵を叩きましたが、ジムザムはそんな赤ずきんを見ながら喜んでパンをかじるだけでした。

かくしてバーソラー（そんな港町に運ばれていたのも、暗い壺の中にいたために知らなかったのですが）を出て四日間、赤ずきんはこの薄汚く獣臭い船底の部屋で、ずざざー、ずざざーと揺られ続けているのです。

〈やい、人間の小娘〉

どすんとぶつかった籐《とう》製のかごの中から、野太い声がします。蓋の隙間から、黄色く光る二つの目と牙が見えました。この曲芸団で最も恐れられているキングコブラでした。

〈俺はこの三日、何も食い物にありつけずにムシャクシャしている。そのときが来たらお前に噛みついてやるから覚悟しておけ〉

赤ずきんはゾッとしました。籐かごの一部に小さなほつれがあります。もし破けてしまったら、赤ずきんの檻の中に柵の間から侵入できてしまうでしょう。

コブラに噛まれて死ぬなんてまっぴらです。赤ずきんは檻の柵をつかんでガシガシ揺らしました。

「ダリーラ！　なんでこの隙間を通れるくらい、私をもっと小さくしてくれなかったの！」

がしん、と突然音がして船はひときわ大きく揺れました。

〈接岸だ！〉

猿が叫びました。

ほどなくして、ジムザムの手下たちが船室に降りてきます。

「おい、陸地だ。今日は島に一泊するからな」

やったやったと騒ぎ出す動物たちの檻を、手下たちは運びあげていきます。

赤ずきんも檻に入れられたまま、島に運ばれました。

草の生えた、小山のような島でした。右を見ても左を見ても青い海原。こんなところに小さな島があるのが奇跡のようです。

「おーほほ、一日中船に揺られていると気が滅入るからね。骨休め、骨休め」

ジムザムは楽しそうに笑いながら小躍りしています。だけど、動物たちは檻から出してもらえません。

「こんな狭いところに閉じ込められていたんじゃ、骨休めなんてできないじゃない！」

赤ずきんの文句など、ジムザムたちの耳には届いていないようでした。ふてくされて横になった赤ずきんの目に、見慣れない船が見えました。

島をはさんだ反対側に、もう一隻、帆船《はんせん》が投錨《とうびょう》しているのです。その船から頭にターバンを巻いた船員たちが降りてきて、ジムザムたち同様、体を休めているのでした。海の中にぽつりと浮かぶようにあるこの島は、長い船旅をする者たちにとって砂漠のオアシスのようなものなのでしょう。

「おーほほ、手下ども。コーヒーを飲もう。焚火をおこせ」

ジムザムが命じると、手下の一人が薪を運んできて火をおこしました。ぱちぱちと燃える火に、ポットがかけられます。

「いい気なもんだわ」

赤ずきんがつぶやいた、そのときです。

ぐらぐら、ぐらぐらり。地べたが揺れます。

「えっ……？」

ざばあと大きな水音を立てて、島全体が浮き上がりました。

「なんだなんだ！」「助けて」

バランスを崩したジムザムの手下たちが一人、二人と海に落ちていきます。

「なんだなんだ、どうしたんだあ！」

慌てふためくジムザム。ぎゃあぎゃあとわめく獣たち。ですが島はお構いなしに、上下にざぶんざぶんと揺れています。

「さ、魚だあ！」

誰かの叫びで、赤ずきんは気づきました。みんなが降り立ったここは、島などではなく、海面に浮かんでのんびりしていた大きな魚の背中なのです。人や獣が乗ったくらいではなんともなかったのですが、背中の上で焚火をされたらさすがに熱くなってしまったのでしょう。

「は、はやく船に戻れ！」

向こうの帆船の乗組員たちも口々に叫びながら船に向かいますが――ざぶん！

魚が海に潜りました。赤ずきんもまた、檻ごと海に沈んでしまいました。

（もうさんざんよ！　助けて！）

海底へと下降していく檻から何とか抜け出そうとしますが、もちろんそんなことはできません。

（ああ、息ができないわ。こんなことなら、ナップに呼ばれてアラビアになんて来るんじゃなかった……）

赤ずきんは、気が遠くなっていきました。

＊

「――おい、おい！」

ガンガンと頭に響く衝撃で、赤ずきんは目を覚まします。

「おい、おいったら、おい！」

檻が引っ張り上げられては、何か硬いものに、がつんがつんと打ち付けられているのです。柵の向こうには、ターバンを巻いた二十代半ばの男の顔がありました。眉毛は濃く、目元はりりしく、無精ひげが似合っています。

「おい、おい、おい、おい！　目を覚ませ！」

「覚ましてるわよ！」

「うわっ、しゃべった」

彼はのけぞりました。

「そりゃしゃべるわよ。生きてるもの」

赤ずきんと彼は、波にぷかぷか浮かぶとても大きな鉄鍋の上にいました。赤ずきんとターバンの彼の他には誰もおらず、周りには海が広がるばかりです。

「あなたが助けてくれたの？」

「ああ。俺はシンドバッドという貿易商人だ。アフリカ南方のモッモ・タパタ国から珍品をたんまり買いこんで、バーソラー経由でジュビダッドへ戻り、売りさばいて大儲けするつもりだった。ところがさっき、島だと思って怪魚の背中に上陸してしまった。そこで、誰かが火でもおこしたんだろう。怪魚は暴れ、俺は弾き飛ばされた。仲間はみんな溺れてしまった。俺もダメかと思ったが、奇跡的に、モッモ・タパタで仕入れたこの鍋が流れてきたんだ」

シンドバッドという男は、鍋の縁をカンカンと叩きました。モッモ・タパタの結婚式で一度に百人分の卵料理を作るための鍋だそうです。

「他の連中も助けようとしたが、怪魚が潜ったときにできた大渦に巻き込まれて沈んでしまった。船もこっぱみじんだ」

「じゃあみんな沈んでしまったの？」

「そうだ。君の乗ってきた船も、動物たちもだ。ところがこのナツメヤシだけが浮いていた」

シンドバッドが手にしたのは、赤ずきんの檻にロープで結わえ付けられていたナツメヤシの実でした。

「俺はこれを手繰り寄せ、ロープを引っ張った。すると檻に入れられた君がついてきた。人形にしてはあまりに精巧だから声をかけたが、まさか本当に目を覚ますとは。君の国ではみんな、体はそんな大きさなのか？」

「私は赤ずきん。本当はこんなに小さくないの」

赤ずきんは、これまでのことをかいつまんで話しました。シンドバッドはあごを撫でながらその話を聞いていましたが、赤ずきんが話し終えると、

「はあああ……」

と、水タバコでもふかしているかのような深いため息を吐きました。

「女泥棒ダリーラか。噂には聞いていたが、〝銀のクジャクの布〟は彼女が持っていたんだなあ……いや、反対に物を大きくできる〝金のクジャクの布〟なら知っているんだ。去年死んでしまったアルダシルが持っていた。ブドウもパンも大きくしてから切り分けて売って大儲けしやがった」

「何をぶつぶつ言ってるのよ。それよりシンドバッド。貿易商人ってことは船乗りでしょ？　だったらこの鍋を操って私をジュビダッドまで連れていって。指輪の魔人に会って、もとの大きさに戻してもらわなきゃ」

「うーん……」とシンドバッドは困惑した様子でした。「今すぐに、とは言えないが、まあ俺が強く願えば、いつかはジュビダッドへ戻れるだろう」

「なんなのよ、その答え」

「この鍋には帆もオールもない。太陽の位置でバーソラーの方向はわかるけど、進む方法がない」

絶望的なことを言いながらも、シンドバッドはあっけらかんとしていました。

「なんでそんなに平気な顔をしてるのよ？」

「幸運が味方してくれるんだ。俺は航海は七回目だが、今までの六回、必ず命の危機にさらされ、必ずなんとかなってきた。今回もなんとかなるよ」

「そんな都合のいい……」

「そうさ！」

シンドバッドは右手を胸に当て、背筋をピンと伸ばします。

「ジュビダッドの人間は俺を『ご都合主義シンドバッド』と呼ぶ。ご都合主義……なんていい響きだろう。堅実な理論ばかりを崇拝して幸運を信じない合理主義者たちは、みんな溺れ死んでいったよ」

はっはははと笑うシンドバッドを見て赤ずきんは一瞬呆れましたが、すぐに思い直しました。旅の途中で危機に遭遇しながら、都合よく何度もそれを回避する。……似たもの同士です。

「わかったわシンドバッド。あなたの幸運を信じることにする。でも暇だから、幸運とやらがやってくるまでお話ししてよ。あなたのこれまでの航海のことを」

「ああ、いいとも」

シンドバッドは腕を枕にして、ごろりと鍋の底に横になったのでした。

＊

シンドバッドの冒険譚《ぼうけんたん》は、赤ずきんが予想していたよりもずっとハチャメチャでした。

父親は裕福な商人で、亡くなったときには、二十歳のシンドバッドが一生食べていけるくらいの財産を遺してくれたのだそうです。ですがシンドバッドは仲間を集めて飲んで食べて遊んで、その財産を半年で使い果たしてしまいました。

それで船を借りて乗船員を集め、ジュビダッドの品物を外国へ売る商売を始めたのですが、その船が遭難し、毛むくじゃらの男たちがいる島へたどり着いたのだそうです。攻撃的な彼らに船を乗っ取られたあと、島をさまよっていると家を見つけましたが、そこは人食い巨人の家で、乗組員たちは次から次へと捕まって串焼きにされてしまいました。一人なんとか逃げ出したシンドバッドは、ダイヤモンドが散らばる谷に迷い込みます。夢中でそれを回収しているうちに今度は大蛇に襲われ、命からがら逃げたところ、たまたま通りかかった船に助けられました。

持ち帰ったダイヤモンドで財を成したシンドバッドでしたが、またすぐにそれを使い果たしてしまいました。それでまた商売のために海に出て遭難し……ロック鳥という巨大な鳥に襲われたり、悪魔の老人にとり憑かれたり、死人の穴に閉じ込められたりと、さんざんな目に遭いながらも必ず財宝を手にしてジュビダッドへ戻っていたのです。

「なっ、都合がいいだろ?」

シンドバッドはにこにこしています。

「都合がいいっていうか……どうして財産を手にしたところで終わりにしないのよ。うまく使えば一生安泰なはずなのに、一気に使ってまた危険な冒険に出るなんておかしいわ」

「財産っていうのは、使うためにあるんだよ。俺が遊ぶおかげで、ジュビダッドが潤うんだからいいじゃないか」

赤ずきんは今度こそ、本当に呆れて何も言えませんでした。すると、それまで腕枕をしていたシンドバッドが、よっこらせと身を起こし「ところで赤ずきん」と話しかけてきました。

「何よ」

「ずっと気になっていたんだが——君、パールーン王の宮殿で眠っていたとき、黒ずくめの三人組に襲われ、縛り上げられて空飛ぶ絨毯で運ばれたんだと言ったね？」

「そうよ、そのとおり」

思い出しても腹立たしい夜でした。そのせいで、さんざんな目に遭っているのです。

「アラジンの事件を解決したあと、イルジー内務大臣が君に、頼みがあるんだとか言わなかったかい？」

赤ずきんはハッとしました。

「そうだわ！　本当ならあの晩のうちに家に帰ってもよかったのに、あの蟹みたいな顔の大臣ににお願いされたから、私は宮殿に泊まったの。たしか、三人の甥のこと……とか言ってたような」

「やっぱりか」シンドバッドはうなずきました。「俺にはわかったよ、黒ずくめの三人の正体がね」

「誰よ」

「保険会社の連中さ」

「何それ？」

アラビアという世界は、商人たちが行う商取引で成立しています。当然、高額な取引もあるけれど、天候や病気など不測の事態で取引ができなくなってしまうと相当額の損害金を払わなければばならない事態が生まれ、中には破産したり、自殺したりしてしまう人もいるのだそうです。

「それに備えるために生まれたのが保険会社だ。あらかじめ掛け金を預けておくと、不測の事態が起きたときの損害金を一部肩代わりしてくれる。何百、何千という客から集めた掛け金の総額は巨額になるが、そのうち、出ていく金はわずかだ。取引が成立しない不測の事態なんて、滅多に起きないからな」

「六回も危険な航海をしているあなたが、それを言って説得力があるかどうかは別として、仕組みはわかったわ」

「実際アラビアでは、保険会社は大当たりした。やがて商取引だけではなく、他の保険事業も始めるようになったんだ。家が壊れるのに備える保険、サソリに刺されるのに備える保険、空が落ちてくるのに備える保険……っていうふうに、心配事のほとんどが対象だ」

「不安をお金に変えるなんて、すごい商魂ね」

「このシンドバッドもびっくりだぜ。さらに驚くことに、商家ではしばしば、子どもに保険をかけるのをおまじないのように考えるようになった。生命保険っていうのがあって、対象者が死んだときに保険金が支払われるわけだが、これをかけておけば不当な死は訪れないだろうっていう考えが生まれたんだ」

「何よそれ、どこかの保険会社がそういうストーリーを作ったんじゃないの？」

「俺もそう思うが、ジュビダッドでは普通の考えなんだ」

ははは、と笑うと、シンドバッドは「さて」と人差し指を立てました。

「話は変わってイルジー内務大臣だ。彼自身は子どもには恵まれなかったが、死んだ弟には三つ子の息子がいて、その甥っ子たちをわが子のように育てたわけだね。三つ子も年頃になり、慣習通りおまじないの保険をかけようということになったが、ジュビダッドの法には『包括的な生命保険の受取人は対象者の親あるいは子どもに限る』とあった。三人の両親はすでにこの世にない」

「伯父であるイルジーさんも受取人になれないじゃない。あきらめるしかないわ」

「ミソなのは『包括的な』ってところなんだね。これは自殺を含むあらゆる死が対象になる。ところが保険には限定的なものもあるんだ。その一つが『殺人保険』だ」

被保険者が、殺人事件の被害者になった場合だけに保険金が支払われるというものだ、とシンドバッドは言いました。

「包括的な生命保険がダメならせめてこれでも、と、イルジー大臣は三人の甥っ子に殺人保険をかけたんだ」

「何か、嫌な予感がするわね……」

ぱちん、とシンドバッドは手を叩いて赤ずきんの顔を指さします。

「その予感的中。三つ子はこの一年のあいだに次々と不審な死を遂げた。イルジー大臣は嘆いたが、三人の思い出をせめて国家事業に生かそうと、保険金を貧民救済施設の建設のために寄付する計画を立てた。ところが」

シンドバッドは表情を歪めました。

「保険金は支払われなかった。保険会社は『三人の死は確かに不審だが、殺人事件である証拠はない』と結論づけたんだ」

「犯人が見つからなかったってこと？」

「まあ、そういうことだろうね。イルジー大臣は甥っ子たちが殺されたことを証明してくれる人間を探していた。そこに君が現れた。保険会社の連中は王にも顔が利くために宮殿に出入りしている。きっとイルジー大臣が君に話しかけているのを見て、調査への協力を要請していると思ったのだろう」

それで、赤ずきんが邪魔になったというのです。

「だからって、あんな手荒なマネをする？」

「君はジュビダッドに着いてすぐに、絨毯で飛ばされたときの保険に入っておくべきだったな」

冗談なのか本気なのか、シンドバッドは真面目腐った顔で言うと、先を続けました。

「赤ずきん、ジュビダッドに戻る前に先に謎を解いておくのはどうだ？　俺は三つ子とは古くからの顔見知りで、事件のことは詳しく知っている。そもそも第一の事件は、俺の乗った船で起こったことだからな」

「そうなの？」

もう午後になったのでしょう、日は天頂から西に傾きはじめていました。

＊

「それじゃあまず、長男アルダシルの話から」

シンドバッドは、ターバンの位置をちょいと直しました。

「狩りが好きな男だった。十七歳の頃にはペルシャで豹《ひょう》を仕留めたらしい。その牙で作ったペンダントをいつも身に着け、その毛皮で作ったズボンをいつも穿いていた」

豹というのがどんな動物なのか、赤ずきんはいまいちわかりませんでしたが、口を挟むのはやめておきました。

「そんなあいつが俺に話しかけてきたのは、去年の初めだった。『カバを狩りにいきたいんだ』と言うんだな。カバっていうのはアフリカの動物で、でかい口を開くと、切り株みたいな歯が上下に二本ずつ生えていて、これでどんな硬い骨でもかみ砕いちまう。アルダシルはジュビダッドの酒場で、カバを狩ったことがある男に、カバの歯でできた煙草入れを自慢されたんだそうだ。それで、うらやましくなったんだ」

「危険なことが好きね、その人」

「俺はちょうど、アフリカのタンガニーカを目指して航海に出るつもりだったから、ついてこいって言ったんだ。三日後、俺は帆船を借り受け、必要な人員を集めた。操舵士とアフリカまでの水先案内人、船医。乗組員を五人、それに会計兼荷物係としてポスマンという背の低い男だ。このポスマンは三つ子の次男、マグダシルの弟子だ。マグダシルは冒険家の兄や遊び人の弟、三男のテンダシルと違って、役所の会計係というお堅い仕事をしている。ああそういえば、このポスマンという男には一つ不思議な呪いがかけられていてな……」

だいぶ話がそれているようですが、赤ずきんは話を止めずに聞きました。

「右手の人差し指の形を自在に変えられるんだ」

「何よそれ？」

「たとえば、ここに銀のスプーンがあるとするだろう？　ポスマンは、右手の人差し指でなぞってその形状を記憶する。するとその後自分の意思で指先を、見た目も硬さもスプーンそっくりに変えられるんだ。父親が悪魔をいじめたため、息子のポスマンにそういう呪いがかけられてしまったそうだ」

「アラビアには変な魔法がいっぱいあるわね」

「魔法じゃなくて呪いだが……まあいい。同乗することになったアルダシルは、オッコイという用心棒のアフリカ人を連れてきた。アラビア語は少ししかわからないが気のいい力持ちの男で、十歳の頃に親と死に別れて途方に暮れていたところをアルダシルに拾われたということで、アルダシルに対する忠誠心は強かった。肩の筋肉が盛り上がっていて、だいぶ使える男だと思った。実際、出発の日、俺はオッコイに手伝わせ、ジュビダッドの市場で食料と水と売りさばく商品を買い込み、投石器型の装置を使って港からどんどんデッキに放り投げたものさ」

かつて戦争で石を飛ばすのに使った武器をもとに作られた装置で、大きなフライパンのような形状の皿に荷物を載せ、ロープを引いて留め金を外すとバネの力で荷物を放り投げるそうです。

「機械自体は車輪がついていて一人でも動かせるから本当に便利なんだぜ。旅に行くときにはいつも、新調して持って行くことにしている」

「アラビアでは技術が進んでいるのね。どうぞ、先を続けて」

「乗船人数は全部で十二人。船室は一人一室使っても余るくらいだった。初日に俺が部屋割りをし、船長室にあった鍵をポスマンが一本ずつみんなに手渡した。合い鍵はなく、鍵はそれぞれの部屋に一本しかない」

それは重要な情報だわ、と赤ずきんは思いました。

「バーソラー経由で海に出たのは一月十日。海は連日穏やかで、この分なら十五日でタンガニーカに着くだろうと踏んでいた。ところが十四日の朝、事件が起きた」

その日は昼過ぎにマスカットという港に立ち寄る予定で、数日ぶりの上陸に乗組員たちは機嫌がよく、朝食も楽しい雰囲気で始まったそうです。ところが、その場にアルダシルが現れませんでした。

「アルダシルは人に触《さわ》られるとすぐ起きてしまうほど眠りが浅い。そんなあいつがどうしたことだと心配して、俺はオッコイと船医を伴って船室に行ったんだ。一つしかない扉には鍵がかかっていた。叩いても返事がなく、壁の小さなガラス窓から中を覗くと、やつの姿は見当たらなかった」

「いなかったの？」

「そうだ。焦ったオッコイが手斧を持ってきて、扉をぶっ壊した。三人も入ればいっぱいの狭い船室だ。やっぱりアルダシルの姿はなかった。手分けして船じゅう探したがやつは見つからず、そうこうしているうちにマスカットの港が見えてきたので船を停泊させた」

ひょっとして海に落ちたんじゃないか、捜索を手伝ってくれる漁師を手配しようかなどと相談しているうち、港の一角で人々が騒いでいるのが見えたので、皆で船を降りて近づいてみると、馬ほどもある魚が網にかかって水揚げされていたそうです。

「その魚の口から人間の右腕が出ていたのさ。オッコイが叫び、俺もその意味をすぐに理解した。親指の爪が異様に長い、アルダシルの右腕だった。漁師たちに頼んで魚の腹を掻っさばいてもらうと、やはりアルダシルの遺体が出てきた」

「夜のうちに海に飛び込んで、魚に食べられちゃったってこと？」

「アルダシルには自殺する理由などない。それに自分で飛び込んだにしては不可解なことがある。荷物はすべて船室に置かれたままだった。それどころか、お気に入りの豹のズボンも。アルダシルがズボンを脱ぐのは、眠るときだけだ」

「それはたしかに妙ね」

赤ずきんは言いました。

「眠っているところを殺されて、海に落とされたように見えるわ」

「俺もそう思う。だが鍵の問題がある。あの船室の鍵は、内側と外側、両方に同じ鍵穴がある。開けるときには鍵を差し込み、右に一回転。閉めるときは左に一回転。たった一本の鍵は、アルダシルの枕の脇に置いてあった」

赤ずきんは腕を組みます。施錠された部屋の中から人が消え、唯一の鍵はその部屋の中から見つかった……

「不可解だわ。不可解すぎる」

「赤ずきん……君はなんでそんなに楽しそうに笑っているんだ？」

シンドバッドが眉根を寄せました。どうやら生来の謎解き好きが表情に漏れてしまっていたようです。

「ごめんなさい。それで、あなたたちはアルダシルのその一件をどう結論付けたの？」

「神の仕業だと」

大真面目な顔です。

「鍵のかかった部屋で寝ていた男が殺されて、海に投げ捨てられた。人にはできない。神の仕業だ。きっとアルダシルは神を冒瀆したのだろう……乗組員たちが口々に言い、他の者も反証を持たず、そうなった」

「すっきりしないわね。同行していた十一人の中に、アルダシルに恨みを持つ者は？」

「いないね」

「用心棒のオッコイはどう？」

「泣いて泣いてしょうがなかった。だがアルダシルがスコタンチンノープルで手に入れたという、〝金のクジャク布〟を形見として生きていくと言っていた」

「包んだ物を大きくする布のことね」

今、私の体を大きくするのにほしいくらいだわと思いましたが、それはおいておきます。その布を使って、鍵を開けることはできないでしょうか。……少し考えますが、何も思いつきませんでした。

「他に、事件が起こる直前に、おかしなことはなかった？」

「おかしなこと？」

「事件が起こる前には、いつもと違うことが起きることが多いのよ」

「うーん……。絵を描いてもらっていたな。宮殿には、チャイナ人の血を引く王家専属の画家がいるんだが、アルダシルは出航のちょっと前にやつに肖像画を描いてもらったんだそうだ。あいつだけじゃない。マグダシル、テンダシルも描いてもらったとか。結局それが形見になってしまったと、パールーン王は嘆いたって噂だぜ」

　チャイナの画家というのは、フーチョンのことでしょう。そういえば、大臣の家族や親戚の絵を描いたとかなんとか言っていたような気がします。

「それは大した情報じゃなさそうね。出航してから事件が発覚するまでのあいだの、アルダシルの行動では何かない？」

「ああ、そういえば航行許可証を失くしたって騒いでたな」

　バーソラーから出る帆船の乗組員には一人一人、許可証が発行されるのだそうです。

「代表者の俺の許可証に同行者全員の記録があるから、個々人は失くしても大して影響はないんだが、誰かが盗んだんだとアルダシルはすごい剣幕で言っていたっけ」

「そんなものを盗んでも、まったく得にならないわよね」

「まったくだ」

　まだ、情報が足りないかもしれません。

「先を聞けば、見えてくることがあるかもしれない。続きをお願いできる？」

「賢明な判断だ」

　シンドバッドはうなずきました。

＊

「アルダシルの葬儀から二か月ほどが経った頃だった。前回の航海で売ることのできなかった在庫を二束三文で処分しちまった俺は、三日分のパンを買えばなくなっちまうくらいの金しか残ってなかった」

「本当に貯蓄のできない人ね」

「稼ぐのは得意なんだけど、貯めるのは苦手なんだよなあ」

たはは、とシンドバッドは笑います。

「自分で船を借りることはできないから、誰かの船の乗組員にでもなるかと朝一番でジュビダッド南西の仕事斡旋所まで行く途中、尖塔の下に人が集まっているのが見えた。人ごみをかき分けて驚いた。石畳の上に大きな花びらを描くように血が飛び散っていて、その真ん中に三つ子の次男、マグダシルが倒れているじゃねえか。足はそうでもなかったが、顔と右肩の損傷が激しく、体の下にはなぜか、五十センチくらいの板切れが血まみれで何枚か落ちていた」

「自殺したの？」

赤ずきんが訊ねると、

「集まっていたやつらは口々に、そう言ってたな。その日の朝六時、卵売りのばあさんが見つけたんだそうだ」

シンドバッドは答えます。

「見上げれば、十二階分の高さの尖塔の、もっとも上の窓が開いていた。遺体の様子から見て、三階とか四階とか、そんな高さから落ちたんじゃないことは俺にだってわかった。あれは最上階から落ちたんだろう」

「尖塔っていうのは、誰でも入れるものなの？」

「そうだな。パールーン王が民衆のために作らせた公共の建物だ。出入り口には扉なんてついてないし、螺旋《らせん》階段で最上階まで行って景色を眺められる。だが設計ミスか何かで、上に行くほど階段の幅は狭くなり天井は低くなり、大人だったらしゃがんで窓を開け、景色を眺めるかっこうになる」

「マグダシルが自殺するような理由はあったの?」

「その後の調べで、マグダシルの自宅から遺書が見つかった。『勤め先のジュビダッド技術庁でコウモリ落石袋《らくせきぶくろ》の開発費をごまかし私腹を肥やしていたが、次第に心が痛くなってきたので、お詫びのしるしに自殺する』という内容だった。字が乱れていて本人の筆跡とは確認できなかったそうだが」

「なによ、コウモリ落石袋って」

「ジュビダッドの戦闘兵器だ。袋の中に石を入れてコウモリの首にぶら下げ、夜陰に紛れて飛ばす。コウモリが敵地上空に達したときに袋をぶら下げていた紐がちぎれ、石が落ちて損害を与える。スイカ大の石を運べるものを開発中だとマグダシルから聞いたことがある」

なんともうさん臭い武器です。

「まあいいわ。マグダシルがその開発費をちょろまかしていたっていうのは、本当?」

「当局の調べで帳簿が操作されていた跡が見つかった。技術庁の金庫から金も抜き取られていたと。どうやらマグダシルのやつ、女に貢いでいたんだそうだ」

「女?」

「そうだ。遊びも趣味も何も知らない堅物だと俺は思っていたが、マグダシルが女物の服や装身具を買っていたという証言が市場で得られたそうさ。人は見かけによらないとはこのことだな」

はっは、と笑い、シンドバッドはすぐに真面目な顔になりました。

「だがおかしな点がある。死んだアルダシルは商売で成功して財産があった。アッバス国の法では、子供、親、きょうだいの順に遺産の相続権があるんだ」

「つまり、アルダシルの遺産が入って、ちょろまかした分をこっそり返せるめどが立っていたということね」

良心の呵責《かしゃく》といえばそれまでですが、返せる当てがあるならやはり自殺は変です。

「やっぱり他殺？　夜中、誰かがマグダシルを尖塔の上まで連れていき、窓から突き落とした。そういうことかしら」

「俺はそう思っている。というのも、遺体のそばの石畳の一部が妙だったんだ」

「何よ？」

「焦げていた。あのあたりは寺院のやつらがほぼ毎日、夕方に掃除している。マグダシルの死に関係あると思うんだが」

焦げ跡……少し考えましたが、

「まったくわからないわ」

やはり、事件の概要を聞いただけで真相を推理するというのは難しいものです。しかし、引っかかる点はいくつもあり、それらをつなぎ合わせていけば見えていなかったものが見えそうなのです。

しばらく黙っていると、シンドバッドが口を開きました。

「三男のテンダシルの話もするか」

「ええ。そうしましょう」

シンドバッドはうなずき、ターバンをまた、ちょいと動かしました。

＊

「まずテンダシルという男の質《たち》から話すが、やつはどうしようもない遊び人だ。一応、人通りの多い所でインチキ魔術を見せる大道芸を生業としているが、まあ稼ぎは微々たるもの。それでもジュビダッドの飲食店というのは優しいもので、『大臣の甥っ子のお出ましだぞ』と言えば、ビールと簡単な料理ぐらいは出してくれるんだ。それで夜な夜なハシゴ酒をして、最後は決まって道端で寝てしまう」

「本当にどうしようもないわね」

「本当にどうしようもないんだ」

シンドバッドが深くうなずきます。

「そんなテンダシルだが、去年の初め、ちょうどアルダシルの葬儀が行われたあたりから、ある危機感を抱くようになった。チュニジアを拠点に、各地を移動して興行するサーカス団《ハンニバル猛獣団》だ」

「なんだか強そうね」

「そういや君も、動物曲芸のオヤジに売り飛ばされたんだっけね。しかし《ハンニバル猛獣団》

は扱う動物が違う。チーター、黒豹、ライオン、ジャッカル……獰猛《どうもう》な動物ばかりだ。調教するのも難しく、年に一人、二人、団員が嚙まれて死ぬという噂もある」

「なんなのよその危険なサーカス団は」

「人間は危険なことが好きなんだ。とにかく、そのサーカス団がジュビダッドにやってきて、拠点となる天幕をパールーン記念広場に張ることになった。テンダシルは広場でインチキ魔術を見せることが多く、そんな派手なサーカス団がやってきたんじゃ、自分のチンケな芸を見てくれる客がいなくなっちまうだろうと焦ったんだな。酒ばっかり飲んでいるように見えて、一応、仕事にプライドはあったようだ」

芸を磨けばいいのに、と赤ずきんは思いますが、それができない人間がいるのもまた、知っています。

「テンダシルは両手でようやく抱えられるくらいの板に『猛獣反対』と殴り書きして興行が始まる数日前から広場のど真ん中に座り込み、大道芸人仲間から買い取った火薬をぱんぱん鳴らして、《ハンニバル猛獣団》の来訪を阻止しようとした」

「火薬なんて持ってるの?」

「大道芸仲間で、火薬を食って煙を吐き出すという芸をするやつがいるんだ。前に酔っ払いが取り締まられたとき、テンダシルはそいつを唆し、火薬を使ってヤギを当局の窓めがけて弾き飛ばしたんだ」

「変わった人ね」

「そうそう、だから俺も含め町のみんなも、初めは笑ったもんさ。だが、三日も酒を飲まずに大真面目で座り込んでいるテンダシルを見て、『こいつは本気だ』と思うようになったんだが……

サーカス団が来る予定の前日の朝、不意にテンダシルはいなくなった」

シンドバッドは一度言葉を切り、ん、と咳ばらいをします。

「ここでまた、あの早起きの卵売りのばあさんが出てくるんだ。ばあさんはその朝、市場へ行くため、まだ薄暗い時間に広場を横切った。そのときには、たしかに『猛獣反対』の板を持って座っているテンダシルを見たそうだ。ところがそれから十分ほどして忘れ物を取りに家まで戻ろうと、もう一度広場を通ったときには、板が置いてあるばかりでテンダシルの姿はなかった。ばあさんは特に気に留めなかったらしいが……」

「テンダシルはその後、遺体で見つかったってことね？」

シンドバッドはうなずきました。

「テンダシルが消えた翌日、予定通り《ハンニバル猛獣団》が到着し、次々と天幕を張った。メインの見世物会場となる天幕は広場の南のほうに張られ、真ん中から北は、団員や荷車を引くラクダどもが休む天幕がいくつかと、猛獣どもの檻を入れておく天幕がいくつか張られたんだ。到着したその日はその設営で一日つぶれ、翌日から二十日間、ジュビダッドで興行が打たれるはずだった。その興行初日の朝に、テンダシルが発見されたんだよ。ライオンの檻の中でな」

「ライオンですって？」

訊き返す赤ずきんに、シンドバッドは「おいおい」と顔をしかめます。

「赤ずきん、まさかライオンも知らないわけじゃないだろうな」

「知ってるわよ。本物は見たことないけど、絵本で見たことがあるわ。顔の周りにタテガミが生えていて、とっても強い、百獣の王でしょ？　どうしてライオンの檻の中で、テンダシルが見つかったの？」

「それがわかりゃ苦労はしないぜ」

ぱちん、とシンドバッドは胡坐をかいている自分の太ももを叩きます。

「第一発見者は猛獣の世話をしている団員の一人だった。朝、ものすごい叫び声が聞こえたので猛獣の天幕を一つ一つ調べてみたら、ライオンの檻の中で血まみれになってこと切れている男がいたっていうんだ。ハンニバル団長が地元の人間を連れてきてその男を確認させたところ、テンダシルとわかった」

「檻に鍵はかけられていなかったの？」

「そこが不可解なんだ。《ハンニバル猛獣団》のすべての猛獣の檻には、形の違う三つの錠がかけられていて、それぞれの錠を開ける鍵は、それぞれ別の団員が持っている。それだけ猛獣の管理には気を使っているということだが、そのライオンの檻もまた、三つとも施錠されていた。死体を出すときも、三人の団員が一つずつ解錠してようやく扉が開いたんだ」

「檻の柵と柵の隙間は、人が通れる幅じゃないわよね」

「当然だろ。だいたい大人の男の親指の長さくらいの間隔だったそうだ」

「鍵を預かっていた三人の、事件直前の行動は？」

「ぐっすり寝ていたそうだ。うち一人はかなりの寝坊助で、テンダシルが発見されて騒ぎになっているときもずーっと眠っていたらしい」

「じゃあどうやってテンダシルはライオンの檻に入れたのよ？」

シンドバッドは、肩をすくめるだけです。その表情はいつしかオレンジ色に照らされていました。

いつの間にか日はだいぶ傾いています。謎でもやもやした頭のまま、赤ずきんはしばし、水平線に沈む太陽を眺めました。

「……もう夜になっちゃうじゃない」

「ん？　そうだな。何度見てもきれいなもんだ」

本当に、あっけらかんとした男です。

「いつ来るのよ、助けは？」

「助けが来るとは言っていないぜ。『俺には幸運が味方してくれる』と言っただけだ」

「だからその幸運は、いつ来るの？」

「幸運は不意にやってくるから幸運なんだ。いつ来るかわかっていたらそれは、金で雇った召使と一緒だ。俺は金の稼ぎ方も使い方も飽き飽きするほど知っている。だけど、幸運はいつ、どんな形で、どれだけ大きなものがやってくるのかまったく予想がつかない。だから金より、幸運のほうが待つ価値があるだろ」

ものすごく真っ当なことを言っているかのようで、ものすごく不確かなことを言う男です。

アラビアにはくせのある人間が多いわ、と赤ずきんは太陽の光の届かなくなった空を見上げました。絵具で塗ったような藍色の中に、ぽつぽつと星が灯っています。不安の夜に瞬く、希望の輝き——それはまた、事件の中で見つかる手がかりのようなものでしょうか。

「魔法ね」

赤ずきんはつぶやきました。ん？という表情で、シンドバッドが赤ずきんのほうを見ています。

「アラビアの夜には魔法が溢れている。アルダシルもマグダシルもテンダシルも、魔法で殺されたのよ……。いいわ、シンドバッド。幸運とやらがやってくるまで、もう少し考えてあげる」

そして赤ずきんはバスケットに手を置いて目を閉じ、深い推理の世界へ潜っていくのでした。

シャハリアール2.

「ふむ……」

シャハリアールは顎のひげを撫でつけながら、窓のほうを向く。

「夜が明けてきたようだな」

「ええ」

「今宵の話はここで終わりか」

「そうなります」

テーブルに二つ並んだカップの底には、ココアの残滓《ざんし》。湯沸かしから湯気は消え、ひっそりとした静寂が二人を包む。

シャハリアールは一息つき、穏やかな表情をシェヘラザードに向ける。

「シェヘラザードよ、お前は本当に話が上手い」

「光栄でございます」

「ちょうど先が気になるところで話を切り、自らの命を長らえてきた」

「いえ、そんな……」

「よいのだ」

シャハリアールは、シェヘラザードを見た。

「お前は期待を裏切らない女だ。毎日毎日、感心するほど面白い話を聞かせてくれる。余はそれにのめり込み、先を先をと思ってしまう。大した女だ」

「もったいないお言葉です」

「余はお前を信じることにする」

シェヘラザードははっとした。

「もう、お前を殺すつもりはない。その証拠に見てみろ、今日はサーベルを持ってきてはいないだろう？」

「……そういえば。気づきませんでした」

シャハリアールはゆっくりと立ち上がった。

「イルジーの三人の甥は、やはり殺されたのだろうな」

「さあ……それはまた、今夜、お話しすることにいたしましょう」

「気になって眠れそうにない……と言いたいところだが」シャハリアールは大きくあくびをした。

「今宵は少しわかりそうだ。ひょっとしたら、赤ずきんより先に答えに到達することができるかもしれぬ」

「それは素晴らしいことです」ふふ、とシェヘラザードは笑った。今の王様の顔を見ていると、弟のことを思い出しますわ」

「弟がいるのか」

「ええ」

懐かしそうに天井を見上げるシェヘラザード。

「弟が小さい頃、私はよくお話を聞かせてあげたものです。『もっと話して。もっと、もっと』と、いつもせがんできました」

「余は、お前の弟の気持ちがよくわかるぞ」

「嬉しいことをおっしゃいます。話を聞いてくれる相手がいるというのは、いいものですね」

シェヘラザードは、シャハリアールに視線を戻す。

「今は私のほうが、夜が待ち遠しい気分です」

「今までと逆だな」

シェヘラザードは、にこりと笑った。

「穏やかなお顔をされています、王様」

実際、ここ何年かのうちで一番穏やかな朝を迎えた気がシャハリアールはしていた。立ち上がり、扉の前まできたところで、ベッドのほうを振り返った。

「カップと湯沸かし器はあとで召使に片付けさせる。ココアの代えも持ってこさせるから、好きに飲むがよい。その金のクッションも置いていく」

「ありがとうございます」

「夜通し話して疲れたろう。マッサージ師を呼んでおこう。化粧師と美容師、衣装係も呼んでおくから、好きに着飾るがよい」

「そんな王様。もったいないです」

「もったいないことなどあるものか」

シャハリアールは笑った。

「お前は、余の妻なのだからな」

そして、扉を開けて渡り廊下へ出た。

白む空に、太陽を呼ぶかのように小鳥たちが飛んでいく。顔を撫でる夜気の名残が心地よい。

一人では長きアラビアの夜。不思議を語ればすぐに明けてゆく。魔法がもたらすのは時に恐ろしく時に愉快な物語の数々。想像力は心を震わせ、悪しき冷たき心さえも溶かしていく。

今朝のシャハリアールの顔からは、まるで初めからそこになかったかのように、残忍さが消えていた。

*

「王様、王様っ！」

赤い上着の召使が二人、渡り廊下を行くシャハリアールの後ろをちょこちょこと追っていく。

シャハリアールは肩を怒らせ、壊さんばかりの勢いで敷石を踏みしめて歩いていく。

「うるさい、ついてくるな」

悪魔のようなその形相。

「王様、どうぞ冷静に」「王様！」

「うるさいと言っているだろうが！」

シャハリアールは立ち止まり、大きな体をぐるりと回転させる。二人の召使の鼻先を、びゅんとサーベルの刃がかすめていった。

「ひっ！」

「止めるな！　余は決めたのだ！」

怒りに充血した目と、滴り落ちる狂気のよだれ。召使たちは恐怖のあまり立ち尽くす。シャハリアールは身をひるがえし、渡り廊下を走って《王妃の間》前に達すると扉を勢いよく開けた。

ベッドの上でこちらを見ているのは――シェヘラザード。

「王様、今宵は少し、お早いようで」

驚く顔には、化粧が施されている。天女が虹を織って作ったのかと思えるような布を身にまとい、比類なき美しい女性となっていた。

だが、今のシャハリアールの目には、その美しさは入ってこない。

「こいつめっ！」

ギラリと光るサーベルを振り上げ、シェヘラザードに襲い掛かる。

「きゃあ！」

転がるように避けるシェヘラザード。サーベルは布団を切り裂き、ガチョウの羽毛が宙に舞う。

気の収まらぬシャハリアールは枕をも真っ二つ。下から現れた例の小箱を思い切り蹴とばした。

小箱は棚の上の瑠璃の杯に命中し、青い欠片《かけら》が星と散る。

「おやめください、王様！」

シャハリアールはわが妻を睨みつけた。

「お前は、余を裏切ったな……」

「何をおっしゃるのです？」

「余は約束通り、今日の午後、化粧師と美容師と衣装係をこの離れに派遣した。お前は三人を引き入れ、しばらく髪を整え、化粧をしていた」

「そうです」

「だがあるときお前は部屋の中を振り返り、『少し用事があるのです』と三人を外へ出したそうだな」

「………」

シェヘラザードは何も答えない。ただその瞳が後ろめたさのあまり泳ぐのを、シャハリアールは見逃さなかった。

「三人の言うところによれば、部屋のどこかから声がしたようだったと。それは若い男の声のようだったと！」

「誤解です、王様。けしてそのようなことは……」

両手を大きくを振って弁明するシェヘラザードを、シャハリアールは突き飛ばす。

「きゃあ！」

そしてシャハリアールは、部屋の奥へと突進すると、並んでいる壺を片っ端からサーベルで破壊していった。

「若い男を連れ込んでいるのだろう。ここか！　ここか！　出てこい！」

「おやめください、王様！」

「やはり女など、どいつもこいつも同じなのだ！　余を裏切り、浮気をする。女など、信じるに値しないのだ！」

壺をすべて壊してしまうと今度は、タンスの引き出しを次々に引き開けて中身をぶちまけていく。

「どこだどこだ、どこだあ！」

道具箱や机をたたき壊し、布団もカーテンもカーペットも引き裂き、それでも足らぬと、ライオンのように咆哮しながら、壁紙をしっちゃかめっちゃかに斬りつけていく。

どれほどそうしていただろうか。気づけばあんなに絢爛だった部屋の中は、嵐が通り過ぎていった市場《バザール》のように、ぼろ布と陶片と木くずの散らばるゴミ捨て場のようになっていた。

「……シェヘラザードよ」

肩で息をしながら、シャハリアールは、シェヘラザードを睨みつける。

「どこに隠した、お前の男を」

「男など、この部屋には初めからおりません」

追い詰められたネズミのように、怯えた様子でシェヘラザードは答えた。ずかずかと、シャハリアールは彼女に迫り寄る。

「ならばお前はなぜ、化粧師たち三人を部屋から出したのだ」

「それは」と、目をそらすシェヘラザード。「言えませぬ」

シャハリアールは彼女の白くて細い首にサーベルを突き付ける。

「それは、お前が浮気をしているからだ」

「いえ、ですから……」

「しゃべるな！　もう聞かぬ。裏切り者の話など。今宵余は、お前を殺す」

「……お救いください」

か細い声で、シェヘラザードは言った。

「救わぬと言っておるだろう、お前の命など」

「私の命ではありません。赤ずきんの命です」

ん？とシャハリアールは不思議に思った。シェヘラザードは、サーベルの刃に指を押し当てる。

「赤ずきんは今、シンドバッドと共に助けが来るかもわからない海の上に浮かんでおります。イルジー内務大臣の甥たちの死の謎も、解かれぬままです。赤ずきんの物語は、私の口から語られ、王様が聞いてくれることによってのみ、続くことができるのです。ここで私が殺されてしまっては、赤ずきんは永遠に、暗い海の上をさまよい続けることになるのです」

わけのわからぬ理屈であった。しかしながらシャハリアールの頭には、シンドバッドと共に大鍋に乗り、大海を漂流し続ける赤いずきんの少女の姿がまざまざと浮かび上がってくるのだった。シェヘラザードの話を毎夜聞くうちすっかり、想像力がたくましくなってしまったものとみえた。

アラビアの魔法の世界で巻き起こる数々の事件を、鮮やかに解決してきたあの少女の顔が、自分に向けられている気がした。

――いいから、シェヘラザードの話を聞きなさいよ！

びくりとシャハリアールの肩が震えた。想像の中の赤ずきんに、怒鳴りつけられた気がしたからである。

「……今宵の赤ずきんの話を聞き終えたら」

シェヘラザードが口を開く。

「私のこの首を刎《は》ねてくださってもけっこうです。ですがどうか、赤ずきんがジュビダッドへ戻るまで、話をさせてくださいさい」

シャハリアールはその細い首から、すっと刃を引いた。そして自分が引き裂いたクッションを手繰り寄せ、その上にどかりと胡坐をかいた。

「話せ」

シェヘラザードはほっとした様子で、羽毛の散らばるベッドへ這いあがる。いつものように足を崩し、胸に手を置いて大きく深呼吸をしたあとで、ゆっくりと続きを話しはじめた。

赤ずきん２.

大きな鉄の鍋をゆりかごのように扱いながら、海は恐ろしいほどに穏やかでした。

夜の闇に瞬く星ぼしと、穏やかな波のほかには、赤ずきんとシンドバッドを見守るものは何もいません。鍋の中央に置かれたランプの、ぼんやりとした青白い光に、二人は包まれていました。

「……わかったわ」

どれぐらいの沈黙だったのでしょう、赤ずきんが静かに口を開きました。

「あなたたちはどうしてアラビアにいるの？」

「ん？」

シンドバッドは身を起こします。赤ずきんは闇に向かって話していました。

「あなたたちはどうして不思議な魔法を使えるの？」

「何を言ってるんだ？」

「それじゃあ、あなたたちの犯罪計画は、どうしてそんなに杜撰なの？」

びしっと虚空に向けて人差し指を突き付けたあとで、赤ずきんはシンドバッドを振り返ります。

「……ま、儀式みたいなもんだから気にしないで」

シンドバッドはぱちぱちと瞬きをしたあとで、「いいさ」と言いました。

「それより、『わかったわ』っていうのは、事件のことだろうね。三つ子のどの事件についてわかったんだ？」

「全部よ。三つともわからなきゃ、本当の解決とは言えないもの」

シンドバッドは、赤ずきんの答えを気に入ったらしく、ひゅう、と口笛を吹きました。

「それはすごい。じゃあまず、アルダシルの事件から聞かせてくれるか」

「その前にまず確認したいのは、アルダシルの船室の鍵について。内側と外側に同じ鍵穴がついていて、施錠をするときは穴に鍵を差し込み、左に一回転させる。解錠するときは同じく右に一回転。間違いないわね？」

「ああ、間違いない。しかし、言ったように鍵は一本しかない。あの船を借り、部屋割りをした直後にアルダシルの手に渡ったんだ。誰にも複製は不可能だった」

「複製できたのよ、一人だけ」

そして赤ずきんは、シンドバッドの鼻先に右手の人差し指を突き出したのです。

「指先にね」

シンドバッドは、しばらく何を言われているのかわからない表情をしていましたが、

「まさか……」

その顔がみるみる青くなりました。

「ポスマンだというのか」

「そうよ。鍵を配ったのはポスマンだったわね。そのときにポスマンは、指先でアルダシルの船室の鍵の形状を記憶したの」

「たとえインド象が木に登ることがあっても、そんなことはありえないぜ。百歩譲って呪われた指先で鍵を開けることができても、ポスマンのように小さな体では、眠っているアルダシルの体を引きずり出すことなどできないはず。そもそもアルダシルは眠りが浅い。触られただけで起きてしまい、人を呼ばれてしまう」

「ポスマンは扉を開いてはいないわ。船室の前にある仕掛けをしただけ」

「仕掛けだって？」

「荷物運搬用に改良された投石器よ。車輪がついているから、一人でも動かせるんだったわね？巨大なフライパンの皿みたいな部分をアルダシルの部屋のすぐ前に来るように設置して、その上に航海許可証を置いたの」

「許可証を盗んだのもポスマンだと言うのか」

「荷物係を任されていたんだから、いつでもそれはできたはずよ。すべての準備を終えたあとで、ポスマンは部屋の外から、『許可証が見つかりましたよ』と言いながら扉をノックした。触られただけで起きてしまうアルダシルのこと、すぐに目を覚まして自ら施錠を解いて扉を開く。するとそこには、許可証が落ちている」

「……アルダシルは当然、その許可証を拾おうとするだろうな」

「そうよ。そして、部屋から出てきたアルダシルが許可証を拾い上げようと皿の上に乗ったその瞬間」

「ああ！」

シンドバッドは両手で顔を覆います。ぽーんと飛ばされ、闇の中に放物線を描いたあとで、暗い海に水柱を立てるアルダシルの姿が見えたに違いありませんでした。

「あとは扉を閉めて施錠して、投石器を元に戻しておけばいいだけ。このときに指先の魔法を使ったんだわ。これ以外に、鍵のかかった船室からアルダシルが消える方法はないでしょう」

「なぜだ。ポスマンはマグダシルのもとで、会計を学んだ真面目な男だぞ」

「まさにそのマグダシルに、アルダシルの殺害を頼まれたんじゃないかしら？　単純な話で、アルダシルの遺産が欲しかったのよ」

アルダシルが死んだらその遺産は残された二人の兄弟が均等に分けることになるはずです。

「マグダシルは女の人に貢いでいてお金が必要だったんでしょ？　あるいは、横領したお金の補塡に使うつもりか、単に私腹を肥やすつもりだったか、理由はいろいろ考えられるわ」

シンドバッドはまだ、腑に落ちない顔をしています。

「しかし、そのマグダシルもまた殺された。マグダシルが死んでもポスマンには何の得もない。いったいどうしてポスマンはマグダシルまで……」

「あー、違う、違う」

赤ずきんは首を横に振りました。

「マ、マグダシルを殺したのはポスマンじゃないわ」

「なんだって？　いったい誰なんだ？」

「焦らずに。まずはマグダシル殺害の方法から検討しましょう」

赤ずきんは一息つき、状況の確認からはじめます。

「マグダシルが死んでいたのは、ジュビダッドの南西にある尖塔の下だったわね。尖塔は十二階建ての建物と同じ高さで、四六時中、誰でも出入りが可能だった」

「そうだ」

「マグダシルの遺体は血まみれで、顔と右肩の損傷が激しかった。体の下に五十センチくらいの木の板が何枚かあって、すぐそばの石畳には焦げた跡があった」

「間違いない」

「状況から、ジュビダッド当局は、マグダシルが尖塔に登り、窓から身を投げたものと判断した。……でも待って、気になるわ。顔と右肩の損傷が激しいのはどうしてかしら？　自ら飛び降りるなら足を下にしない？　それなら損傷が激しいのは足じゃなきゃ」

シンドバッドは、これには反論があるようでした。

「本当にこの世に絶望をしたなら、頭を下に落ちていってもおかしくないんじゃないか」

「それでも、本能的に手が前に出てしまわないかしら。手ではなく、頭と肩から石畳に落ちていく？」

「うーん……確かにな。俺がむかしロック鳥から振り落とされたときは、頭を守ろうとして手から地面に激突したんだった」

右手の腕についた傷を、シンドバッドは撫でています。

「しかし、それはどういうことだ？　眠ったまま誰かに落とされたのか？」

「塔の上のほう、階段は狭くなっていて、大人だったらしゃがまなければ通れないって言ってたわね。眠ったままの人を運べる？」

「無理だな。縛られていたとしても無理だ」

ぱちん、と赤ずきんは指を鳴らしました。

「縛られていたという見方は正しそうね。ただ、塔から落ちたのではなさそうよ」

「塔から落ちたわけじゃない？　マグダシルの遺体は損傷が激しかった。あれは落ちて死んだのに違いない」

「塔と同じ高さにまで上げられ、落とされたというのはどう？　打ち上げられ、と言ってもいいわ」

「打ち上げられ……なんだって！」

どたん！　その場にひっくり返るシンドバッド。鍋がぐらりと揺れます。

「ちょっと、気を付けてよシンドバッド」

「すまない。だが、あまりに驚くじゃないか。打ち上げられ……っていうことはつまり、火薬ということだな？」

「そうよ」

「たしかに遺体のそばの石畳の一部が焦げていたが……あれは殺害時に火薬を使った跡だと？」

「そうよ」

「しかし、火薬を使ってマグダシルを天高く弾き飛ばしたのだとしたら、マグダシルの衣服にも焦げた跡がなければおかしい」

「その謎を解くカギが、遺体の下敷きになっていた数枚の板。おそらくあれは、木箱だったんじゃないかしら？　犯人は、火薬を入れた筒を仕込んだ木箱を用意したの。手足を縛り付けたマグダシルを塔の下に運んできて木箱に座らせ、点火したのよ」

火薬が爆発し、マグダシルは天高く弾き飛ばされ、頭を下にして石畳に叩きつけられて命を落とした。その体の下に、壊れた木箱の一部が入り込んだのです。

「あとは偽造した遺書をマグダシルの家に置いておけば、塔から飛び降りて自殺したように見えるわ」

「しかし……コウモリ落石袋開発費の横領の件は、やつだけの秘密だったはずだ。誰がそれを、自殺の動機に仕立て上げられるんだ？」

「マグダシルにとても近しい人。そして、火薬を手に入れることができる人。ヤギを弾き飛ばせるほどのね」

「……テンダシルか？」

シンドバッドはどこか予想したかのようでした。

「そのとおりよ」

赤ずきんはうなずきました。

「テンダシルは、マグダシルがポスマンに命じてアルダシルを殺したことに気づいたのでしょう。それをマグダシルに質したかどうかはわからないけど、今、自分がマグダシルを亡き者にすれば、アルダシルの遺産を独占できることに気づいたのよ。でも、殺人だと自分に疑いがかかるかもしれないから、自殺に見せかけたの。私に言わせれば、証拠がたくさん残っちゃった、杜撰極まりない殺害方法だけど」

こともなげに言う赤ずきんの顔を、シンドバッドはじっと見ていましたが、やがて口を開きました。

「アルダシルはマグダシルに唆されたポスマンに殺され、マグダシルはテンダシルに殺された。そこまではいいとして……、テンダシルは誰に殺された？　まさかアルダシルだとでも言うんじゃないだろうな」

居心地の悪い沈黙が、ゆらりゆらりと海の上で揺れました。

「当たらずといえど、遠からずと言ったところだわ」

「どういうことだ？」

ごくりと、シンドバッドは唾をのみこみました。

「これまでと同じく、まずはテンダシルの殺害方法を検討しましょう。――テンダシルは《ハンニバル猛獣団》がやってくる前日の朝まで、広場の真ん中で抗議の座り込みをしていた。だけど、あるとき忽然と姿を消してしまった。そうだったわね」

「そうだ」

「きっとそのときにはすでに殺されていたんじゃないかしら。生きたまま監禁しておいて逃げられたら面倒だし、ライオンの檻に放り込んで食べさせてしまえば、いつ死んだかなんてわからないもの」

「ライオンの檻に放り込むつもりだったんだな?」

「そうよ。サーカス団がやってくることは周知されていたんだから」

「しかし、檻の鍵を開ける方法が……まさかまた、ポスマンが指を使って?」

「それは不可能ね。船のときには鍵を触れることができたから可能だったけど、三人のサーカス団員が持つ鍵の形状を知るチャンスはなかっただろうし、そもそも、部外者のポスマンは、鍵が三つあることを知りえないでしょう?」

「たしかに」

「だけど、ライオンが檻に入れられていることぐらいは予測できたでしょう。檻の柵と柵のあいだには、きちんと隙間があることもね」

「柵と柵のあいだって言ったって、普通は親指の長さくらいしかないぜ。人間が通り抜けることは不可能。君みたいな小さな人間でなければ……ん?」

そこでシンドバッドは「ははあ」と何かに納得したような声をあげました。

「そうか。犯人はテンダシルの死体を小さくしたうえで、ライオンの檻に放り込んだと言うんだろう。小さくしたら運ぶのもたやすいしな。しかしそれはどうだろうな、君を小さくした〝銀のクジャクの布〟は女泥棒のダリーラしか持っていないんじゃないのか」

「私も初め、そう考えた。なんていったって、ダリーラはどうして私をもっと小さくしてくれなかったのかと歯噛みしたくらいだもの。もっと小さかったらこの隙間を抜けて通れるのに……ってね」

檻の柵を両手で一本ずつ握り、赤ずきんはがしがしと揺らします。

「でも、それはおかしな話。ダリーラの布では、小さくした遺体を檻の中に入れたあと、もとの大きさに戻すことができないもの」

「うん。たしかに」

腕を組んで難しい顔をするシンドバッドに、赤ずきんは微笑みました。

「鍵を開けずに死体を檻の中に放り込むのには、もう一つ方法があるわ。檻のほうを大きくするのよ」

「……だっ！」

どたん！　また大鍋が揺れました。

「ちょっと！　気を付けてって言ったでしょ」

「すまない。しかし……そうか。あの布！　あいつか！」

「もう誰が犯人かわかったわよね」

「アルダシルの形見、包んだ物を大きくできる布〝金のクジャクの布〟を持っている用心棒のオッコイだ」

「その通り。力自慢の彼なら一瞬にしてテンダシルを捕らえて殺し、死体を人目のつかない場所に運んでおくことができる」

「だが動機は？」

「アルダシルの復讐よ。きっと彼はポスマンの指先と投石器のトリックに気づいたの。ポスマンが『アルダシルの弟の弟子』という事情しか知らなかったんじゃないかしら。アラビア語が堪能じゃない彼にはマグダシル、テンダシルと、似た名前の区別ができなかった。おまけに三つ子だから顔もそっくりときている。テンダシルが主人の仇だと勘違いしてしまってもおかしくない」

「わざわざ天幕に忍び込んで、ライオンに食わせたのはどうしてだ？」

「アフリカ出身の彼が思いつく、もっとも残酷な方法だったからよ」

また、沈黙が訪れました。ゆらーりゆらりと、ランプの青白い炎が揺れます。

「……見事だ」

シンドバッドはつぶやきました。

「それ以外に真相などありえない。三つ子が殺しあったという事実は悲しいが、大臣の望み通りに真相は導かれた。保険会社から邪魔などされてはいけない」

「でも……あなたの幸運は、まだやってこないわ」

半ばなげやりに、赤ずきんが言ったそのときでした。

海に浮かぶ鍋のそばで、ざぱーっ、とピンク色の水柱が上がったのです！

「きゃあっ！」「わあっ！」

鍋はひっくり返り、赤ずきんとシンドバッドは海へ投げ出されました。シンドバッドがすんでのところで檻をつかみ、頭上に上げながら立ち泳ぎをしています。

「あらあ、赤ずきんさん、そんなちっこくなっちまったたずか？」

ひっくりかえった鉄の大鍋の上でピンク色の光を放っているのは、禿げ頭にちょろりとしたひげ。左右に離れた目――。

「指輪の魔人！」

「いかにもそうだず。ナップご主人が『赤ずきんさんを呼び戻せ』と。いろいろあって、こんなに遅くなってしまっただず」

「俺も、連れていってくれよ」

シンドバッドが言いました。

「誰かわかんねえだども、ま、いいだず」

ひょいと魔人が指を動かすと、赤ずきんの檻を頭に置いたシンドバッドはざざあと水から浮き上がり、魔人の背中に乗りました。

「さあ、帰るだず、ジュビダッドへ」

「事件の真相を明らかにしてすぐに帰れる……こんなに都合のいいことってある!?」

赤ずきんは信じられない思いで、シンドバッドの顔を見ました。シンドバッドは白い歯を見せて笑いました。

「俺の名前を知ってるか？　七つの海を股にかける世界一のご都合主義者、シンドバッドだぜ」

「振り落とされないように、気をつけるだず！」

目指すは謎と不思議の渦巻く都市、ジュビダッド。アラビアの夜には賢き者への祝福のように、星が瞬《またた》いているのでした――。

シャハリアール３．

シェヘラザードは口を閉じた。

切り裂かれたカーテンが無残にぶら下がっている窓の外はまだ暗い。曇っているのか、物語の中のように星は出ていなかった。

シャハリアールの気分は落ち着いていた。だがその目は、シェヘラザードを睨みつけていた。

獲物を逃がさぬぞという、コブラのごとく。

「……赤ずきんはジュビダッドにて、無事に友人たちと再会できるだろう。明晰な推理もしっかり決まって、めでたしめでたしというわけだな？」

シャハリアールの問いに、シェヘラザードは答えない。

エメラルドの色をした双眸《そうぼう》は、シャハリアールを見据えたままである。

シャハリアールは大きく息を吸い込み、鼻から息を吐いた。厳めしいひげが、ペシャワール高原の灌木のように揺れる。

「正直に言おう、シェヘラザード」

岩のようにごつごつした手が、サーベルの柄へと伸びていく。

「余はベッドで、お前の話を頭の中で繰り返して考えた。シンドバッドの数奇な冒険、その中にじゅうぶんな手がかりがちりばめられており、余はこれが真相であろうという推理を組み立てた。それは――」

サーベルをつかみ、立ち上がる。

「今、お前が語った物語とほぼ同じであった」

シャハリアールの顔から、シェヘラザードは目を離さない。

「触れたものに形を変える指、猛然とした威力を持つ火薬、包んだものを大きくする布……赤ずきんとまったく同じ結論にたどり着いていたのだ」

深いため息を、王はついた。

「当たった、と一度は嬉しさを覚えた。しかし同時に、虚しさをも覚えた。物語は、余の想像を超えてくれなかったと。――裏切りだ」

シャハリアールはシェヘラザードを睨みつけたまま、一気にサーベルを振り上げる。

「お前は余を二度も裏切った。一つめは浮気で、二つめは謎でだ。余はここで、お前を殺す。シンドバッドのようなご都合主義はペルシャには存在しない！　……さらばだシェヘラザード」

ぎらりと光るサーベルの刃。あと二十も数えぬうちに、シェヘラザードの首は床に転がっているであろう――。

「最後に何か言い残しておきたいことはあるか」

するとシェヘラザードはようやくその、バラの花びらのような唇を開いた。

「謎を先に看破してしまえば『簡単だった』と不満を言う。物語の聞き手は本当にわがままですね――。ならばそのわがままな聞き手にお伝えしなければならないことが、語り手にはございます」

「言え」

「赤ずきんの推理は、間違っていたのです」

シャハリアールの血の気が一気に引いた。

シェヘラザードは続ける。

「闇夜の海でシンドバッドの話を聞いただけで導き出した、鮮やかな推理。そのすべてが間違っていたことを、ジュビダッドに帰還した赤ずきんは自ら知るのです。アルダシル、マグダシル、テンダシルはもちろん殺害されました。しかしその方法も、犯人も、赤ずきんの推理とは似ても似つかぬ真相だったのです」

「……う……嘘をつけ」

「嘘と片付け、私の首を刎ねるのは聞き手の自由。しかし、私のこの胸には三つ子の死の顛末、そして、赤ずきんの冒険の、驚きの結末がしっかり眠っております。それをお伝えするには……」

シェヘラザードはここで、にこりと微笑んだ。

「アラビアの夜がもう一夜、必要なようです」

サーベルを振りかざすシャハリアールの腕がぶるぶると震える。

今宵の推理はすべて、間違いだと？

まったく違う殺害方法と犯人、そして、冒険の驚きの結末だと？

……殺さねばならぬ。女などやはり獣ばかりだ。だが……内なる声がする。

聞かなければならぬ。

事件の真相と、赤ずきんの冒険譚の結末を……

——聞きなさいよ、最後までっ！
か ら ー ん と 音を立て、サーベルが落ちた。

アラビアの夜にミステリは尽きず

1.

指輪の魔人の背中に乗って海をひとっ飛び、バーソラーの港も越え、川も山も砂漠も越えてジュビダッドに戻ってきたときには、すっかり日が上っていました。

「上空から見るとなかなか気持ちのいいもんだね。ロック鳥に運ばれるよりだいぶ乗り心地がいいや」

シンドバッドはご機嫌です。指輪の魔人はジュビダッドの上空を一回りすると、赤いレンガの宮殿めがけて降りていき、絹のカーテンがひらひらと揺れている窓にびゅんと入っていきました。

「わあ!」「うおぅ!」

二人の若者が驚いてひっくり返ります。

「ただいま帰りましただず、ご主人様」

「ああ、びっくりした。君か、指輪の魔人」

胸をなでおろしているのはナップ。その向こうでイーゼルを抱えているのは、絵描きのフーチョンでした。

「願いは叶えましたで、戻らせてもらうだず」

檻を抱えたシンドバッドを床に下ろすと、魔人はナップの手の中の指輪にしゅるしゅると戻っていきました。

「僕が連れてきてほしいといったのは、赤ずきんなんだけどな。君は誰だい？」

「世界一のご都合主義男、船乗りシンドバッドだぜ！」

胸を張って自己紹介するシンドバッド。その脇に抱えられた檻の中で、「私はここにいるわよっ！」と赤ずきんは叫びました。

「ん？　赤ずきんの声がするけど、姿が見えないな」

「ナップさん、檻の中に、ほら」

フーチョンに言われて、ナップはようやく赤ずきんに気づいたようです。

「なんでそんなに小さいんだよ？」

「説明はあと！　もう一度、指輪の魔人を呼び出して、私をここから出してくれるように命令してよ！」

ナップはきゅっきゅと指輪をこすり、出てきた魔人に命令しました。

「この檻を消して、赤ずきんをもとの大きさに戻すんだ」

「お安いごようだず」

ぱっ、と檻が消えます。

「きゃっ！」

床に落ちる、と思った瞬間、ずん、ずずん――赤ずきんはようやく元の大きさに戻れたのでした。

「ああ、長くてひどい冒険だったわ」

赤ずきんはナップのベッドに仰向けになって一息つきました。そして、身を起こしてナップに言いました。

「とにかく何か食べさせて。私もシンドバッドも、おなかがぺこぺこよ」

「この部屋には食べ物がないよ」

「指輪の魔人に命令してよ」

また呼び出された指輪の魔人によって、二人の前には羊の丸焼きに魚のスープにパンに野菜にフルーツに焼き菓子と、豪華な食事が並べられたのでした。赤ずきんはシンドバッドと一緒にそれらを食べながら、空飛ぶ絨毯に無理やり乗せられたことからすべてを、ナップとフーチョンに話していきました。

「そりゃ災難だったね、赤ずきん」

「災難なんてもんじゃないわ」

赤ずきんはパンくずを口から散らしながら叫びました。いろいろ腹が立ってしょうがありません。特にあの女泥棒ダリーラの顔を思い出すにつけ、頭から湯気が出そうです。

「しかしその、三つ子の死の謎は解いたんだろう？」ナップは相変わらず気取った感じで言いました。「それならこのあとパールーン王に会いに行こうじゃないか」

「俺も行っていいかな？　赤ずきん帰還の立役者ってことにしてさ」

シンドバッドが言いました。

「シンドバッド、あんた王様に取り入って、ひと儲けしようと企んでるんでしょ？」

「あっはは、いいじゃないか。すべての出会いは都合よくできているんだぜ」

まったく抜け目のない男です。

「まあいいわ。ねえナップ、食事が終わるまでちょっと待っててね」

「ごゆっくり」

ナップはそう言って、ベッドに横になります。

「赤ずきんさん、帰ってきてくださって本当にうれしいですよ」

フーチョンが控えめに言いました。彼はさっきからイーゼルに立てたキャンバスに向かい、ぺたぺたと絵の具を塗っているのでした。のぞき込むとそれは、ナップの肖像画でした。

「こんなやつの絵なんて描いてどうするのよ？」

「僕は友達になった人を絵として記録するんです。その……いちばん描きたい赤ずきんさんの絵はまだ完成していません」

「完成する前に絨毯で飛ばされちゃったものね」

「引き続きモデルになってくださいますか？」

まあいいわ、と赤ずきんは思いました。やるべきことを終えたら、フーチョンの頼みを聞いてあげてもいいでしょう。

「わかったわ。それにしても、どうして目が描かれていないの？」

ナップの絵はほとんど完成していますが、目だけがない状態なのでした。

「私の祖父が生まれたチャイナには『画竜点睛』という言葉があります。目は生命の象徴と考えられていて、仕上げとして描くことにしているのです」

「ふーん……」

「この美しい瞳は最後のお楽しみってわけだね」

自分の目を指さしてナップが気取りますが、赤ずきんもフーチョンもそれを無視しました。

シンドバッドは羊の丸焼きに夢中で、はなから聞いていません。

朝食を終え、少し休んでから、四人は連れ立って王の広間へ行きます。

「おお、どこに行っておったのだ！」

大きなターバンの上で咲いているチューリップを揺らしながら、パールーン王は幽霊でも見るような目つきで赤ずきんを見つめました。両脇にはずらりと、大臣たちや護衛の者が控えています。

「イルジーがお前に頼みごとをしようと、部屋を供したのが十日前。ところが翌朝になってみたら、お前はそのバスケットと共に忽然と姿を消してしまった。勝手に自分の国に帰ってしまったものと思っていたぞ」

「さんざんな目に遭ったのよ」

赤ずきんは、先ほどナップにしたように、空飛ぶ絨毯に無理やり乗せられたことを話しました。

「なんと！　お前をそんな目に遭わせたのは何者だ？」

「きっと、彼女の推理力を恐れた保険会社の連中ですよ」

口を挟んだのはシンドバッドです。

「おお、やっぱりそうでしたか」

顔の下半分がひげで覆われた、蟹のような顔――イルジー内務大臣が両手を挙げながら一歩前へ出てきます。

「私があなたに甥たちの死の真相の解明を依頼しようとしていることを、見抜かれていたのだというのですね」

「そなたの賢い甥たちの件か」

パールーン王も合点がいったようでした。

「ナイルパーチの養殖を余に勧めたのも、あの三つ子であった。彼らの進言で余は、朽ちた絵描きの作業場を壊し、池を造ってナイルパーチの養殖をはじめたのじゃ。アルダシル、マグダシル、テンダシル。ああ、イルジーの甥っ子たちよ！」

パールーン王は天を仰いでひとしきり嘆いた後で、シンドバッドの顔を見ます。

「ところで、お前は何者であるか？」

「船乗りシンドバッドです。何を隠そう、溺れかけた赤ずきんを助けたのはこの俺なのです！」

胸をどん、と叩くシンドバッド。

「ジュビダッドまで帰ってこられたのは、指輪の魔人のおかげだわ」

「その指輪の魔人がやってきたのは、俺の幸運のおかげだぜ」

呆れるほど、シンドバッドは自分の幸運に自信があるのでした。赤ずきんは、もうそれについては何も言いません。

「なんだかわからんが、保険会社の連中が赤ずきんを空飛ぶ絨毯に乗せて砂漠へ放り出したとは聞き捨てならん。おい、今すぐ《ラーバク保険会社》の三人をここへ連れてこい！」

2.

パールーン王の家来によって《ラーバク保険会社》の共同経営者三名が連れてこられたのは、それから三十分ほど後のことでした。そのあいだに赤ずきんは、アコノンでの不思議な洞窟の殺人事件を解決したことや、女泥棒ダリーラに〝銀のクジャクの布〟で小さくされて売られたこと、海で溺れかけてシンドバッドに助けられたことなどを、パールーン王にすっかり話しました。

「来たか、保険会社の商人どもよ」

「はい」「はい」「はい」

三人は悪びれることなく、お辞儀をしました。二人は四十代ぐらいですが、もう一人はずいぶん若く、十八歳くらいに見えました。

中年の一人は長身で、右頰にイチゴのような形のあざのある男。もう一人は背が低く、泥水のように汚れたターバンを巻いたひげもじゃの男です。若い男は女の人のようにきめ細かい肌のきれいな顔立ちで、胸が大きく開いた服を着ており、その胸にサメの刺青が入っているのでした。

「赤ずきんよ、お前を縛り上げて空飛ぶ絨毯に乗せたのはこの男たちか？」

「わからないわ」

赤ずきんはそう答えるしかありません。

「襲われたのは急だったし、三人は覆面をしていたもの」

「声を聞けばわかるのではないか。おい保険商人ども、『神に誓います』というのじゃ」

「神に誓います」「神に誓います」「神に誓います」

声を聞いても赤ずきんは、彼らだと確証を持つことはできません。

「わからないわ。今思えば、あの夜私を襲った三人組のリーダーは、わざとかすれたような声でしゃべっていたような気がする」

「そうか。まあよい。赤ずきんはこうしてこの場に戻ってきた。そして、イルジーの甥の死の謎を解いたという」

ふん、とパールーン王はふんぞり返ります。

「赤ずきんよ、今すぐここで話すがよい。三つ子が殺されたこととの顚末を」

「ええ、わかったわ」

赤ずきんは海の上で明らかにした、イルジー内務大臣の三人の甥の死についての推理を話しました。話の途中から、三人の保険屋のうち、中年二人の顔色が変わっていくのが、赤ずきんにはわかりました。ですが、若いサメの刺青男だけは、まったく表情を変えません。

「……というわけよ。どうかしら？」

「すばらしい！」

イルジー内務大臣が両手を広げて叫びました。

「やはりわが甥たちは殺されたのだ」

「なんという推理力よ」

パールーン王もまた感心したように言いました。ターバンの上のチューリップが、ぱあっと花びらを開かせています。

「すばらしき頭脳ぞ、赤ずきん。どうじゃ《ラーバク保険会社》の者どもよ。アルダシル、マグダシル、テンダシルの三人は、神の思し召しで死んだのではない。人の手によって殺められたものであるぞ。今すぐ殺人保険の保険金をイルジーに払うがよい」

イチゴのあざの男と、泥水ターバンの男は顔を見合わせ、これはまずいぞ、という表情になっています。ところが、

「王様に、このサルモンドがお訊ね申し上げます」

若いサメの刺青男が、すらりとした指を胸に当てて言いました。

「今の赤ずきんという女の子の話はよもや、正式な保険金請求ではございませんね?」

「というと?」

「保険金を受け取る者と保険会社との意見に相違があった場合、保険会社が金を支払うべきかどうかは、王が決定する――アッバス国の法にはそう明記されております。間違いありませんね」

聞き取りやすい声ですらすらと述べるサルモンドという男に、パールルーン王は気圧されたように「ああ」と答えました。

「間違いない」

「それはよかった。では我々《ラーバク保険会社》は、保険金の支払いを拒否いたします」

周囲の家来たちがざわめきました。ナップもフーチョンもシンドバッドも、驚いたように目を瞠ります。

「なぜじゃ。三人が殺人によって命を落としたことは、今、赤ずきんが証明した。王たる余が認めたのじゃ」

「証明、ですって？」

ニヤリとサルモンドが初めて笑顔を見せた瞬間、驚くべきことが起こりました。胸のサメの刺青が皮膚の中で泳ぎ始めたのです。

「その刺青、動いてるわ！」

赤ずきんが叫ぶと、サルモンドはぎろりと目を光らせました。

「悪魔との契約の証です」

「なんですって？」

「私はペルシャのクテシポンに生まれましたが、六歳の頃にエジプトはアレキサンドリアの学校に入れられました。エジプト呪術を専門とする歴史学者の父は、私を同じ道に進ませたかったのです。しかし私は、勉強についていけず試験という試験に落第しました。私は父を恨みました。もともと勉強など好きではなく、お話を語るのが得意な姉と二人で書店を開きたかったのです。すっかり人生が嫌になり、七歳の誕生日の夜、死んでしまおうと思いました。寮を抜け出し、身を投げようと港に行きましたが、私の前に悪魔が現れたのです」

私のサメをお前の中に住まわせてくれたら、お前に類まれなる学才を与えよう——悪魔はサルモンドにそう囁いたのだそうです。

「私は悪魔の契約を受け入れました。その日以来、この皮膚の上でサメが泳ぐようになったのです。成績はぐんぐん良くなりましたが、あるときひょんなことから先生にサメが見つかってしまいました。悪魔との契約は学則で固く禁じられていました。放校処分となった私は親からも見放され、商才を磨いて金儲けをする決意をしたのです」

告白しているうちにも、その顔の表面を右から左へ、ゆらりゆらりとサメが泳いでいくのでした。なんと気味の悪い光景でしょうか。

「ですからね、赤ずきんさん。私は儲けなければならない。不当な保険金を払うわけにはいかないのです。今からあなたの推理を、崩します！」

突然大きな声を上げた彼の口が、しゃっ！と左右に裂けました。口内に並ぶギザギザの歯は、まさにサメのようです。

「まず長男のアルダシルの件について。犯人がポスマンだとしたら、なぜ犯行後、船室に鍵をかけたのです？」

「えっ？」

「だってそうでしょう。発見時、船室に鍵がかかっていなかったら、『アルダシルは夜中に部屋を抜け出して海に落ちた』……つまり、事故に見せかけることができるのです。船室に鍵がかかっていたら、何者かがトリックを弄したように見られ、その後の展開によっては自分の犯行が明るみに出てしまうかもしれない」

赤ずきんの背中に冷や汗が流れます。

「たしかに」そうつぶやいたのは、シンドバッドでした。「俺がポスマンだったら鍵はかけないかなあ。指先を鍵にできるってことでも、怪しまれるもんな」

「ちょっとあんた、どっちの味方なのよ」

「俺は都合のいい方の味方だ。鍵をかけないほうがポスマンにとって都合がいいなら、その説を支持するぜ」

シンドバッドらしい答えでした。

「というわけでアルダシルの件について、ポスマン犯行説は怪しいどころか、事故説が有力になってまいりました」

得意げに眉を上げるサルモンドの背後で、「いいぞいいぞ」と二人の同僚がはやし立てます。

ちょっと待ちなさいよと赤ずきんが文句を言う前に、

「続いて次男マグダシルの一件！」

しゃっ、と再びサルモンドはギザギザの歯をむきます。

「火薬でマグダシルを飛ばしたということでしたが、さて、それだけの威力のある爆発だとしたら、音はどんなものでしょうね？」

「音、ですって……？」

「それは大変に大きな音だったろうな」今度は、パールーン王が言いました。「前に、火薬を使った軍の演習を見たことがある。こんな小さな鉄の球を飛ばすにも、四十の鍋を同時に叩いたよりもっと大きな音が出た」

「人間ひとりを飛ばすとなれば、さらに大きい音でしょう。ところがどうでしょう。尖塔の周囲にも民家がありますが、そんな音がすればみな、飛び起きてしまうのでは？」

「そんな場所で火薬を使うのは都合が悪いぜ」

とシンドバッドが言いました。

「さらには木の板の問題もあります。箱の中に仕掛けた火薬を爆発させたのなら、木箱はほうぼうに飛び散ってしまうはず。ご丁寧に死体の下にとどまっているとは思えません。マグダシルは殺されたのではなく、やはり良心の呵責に苦しんだ末の自殺なのではないですか」

うーむ、とうなるパールーン王。保険会社の中年二人はニヤニヤとしています。

「最後に三男テンダシルの件です」

その顔から胸にかけて、サメが悠々と泳いでいきます。

「先にテンダシルを殺してどこかに死体を隠しておき、《ハンニバル猛獣団》がやってきてから天幕に忍び込み、ライオンの檻を〝金のクジャクの布〟で大きくしてから死体を放り込み、檻を再び元に戻す。……危険です。危険すぎる」

「なっ、何が危険なのよ？」

赤ずきんは敵意むき出しで訊きました。

「わかりませんか？　檻を大きくしたそのとたん、ライオンが外に飛び出てきたらどうするのです？」

「あっ！」パールーン王が叫びました。「それはそうじゃ。檻の柵と柵のあいだも広くなるからの。そんな危険を冒して、死体を檻に放り込む意味がない」

「早朝だったんだろ？　ライオンは寝てたんじゃないのかなあ？　運がよかったら起きないぜ」

シンドバッドがのんびりした調子で言いました。

「運がよかったとしても、です」

サメ男は余裕の表情で続けます。

「そもそも〝金のクジャクの布〟は、包んだものを大きくする力しかないのでしょう？　一度大きくした檻を、元に戻す力を持っていると証明できるのですか？」

赤ずきんは返す言葉がありません。

ダリーラの〝銀のクジャクの布〟の場合は、腰をくねらせる特別な踊りによって小さくした物を元に戻すことはできました。しかし〝金のクジャクの布〟も同じだとは限りません。現物がないことには、何もわからないのです。

「でも、三つの鍵のかかった檻の中でライオンに食いちぎられたのだから、誰かの意図が働いていると考えるのが自然だわ。殺人よ」

「どうやってやったのかわからない以上、人間には不可能な殺害方法ということになりますね」

サルモンドの目が光ります。

「その場合、人間が関与したものではない、つまり殺人ではないということになります」

ひゅーひゅーと、何もしていない中年の二人が口笛を吹きました。

「屁理屈だわ」

「王様、お忘れなきよう」サルモンドはパールーン王の方を向きました。「殺人保険という商品は、『明らかなる殺人が行われた場合』にのみ保険金が支払われる仕組みです。今、私によって『殺人ではない可能性』が提示された以上、当社に支払い義務はありません。明らかに殺人だという証明は、受取人の義務になります」

ふぅーむ、とパールーン王が苦い顔をします。

「たしかに、我が国の法ではそうなっとるのう」

ターバンの上のチューリップも不本意そうに下を向いていました。

「赤ずきんさん」

イルジー内務大臣が、赤ずきんに懇願するような目を向けてきました。

たしかにサルモンドには、推理の脆いところを突かれました。ですがそれによって、赤ずきんの持ち前の負けん気が刺激されたのも事実でした。

「私に任せなさい、イルジー大臣」

保険商人たちに聞こえるように、赤ずきんは言います。

「明日、王様の前で証明してみせるわ。三つ子が殺されたってことをね！」

サルモンドが高らかに笑います。

「これは面白いですね。少しでも私どもに『殺人ではない可能性がある』と言い返されてはいけないのですよ？」

「当たり前よ！」

3.

「しかし、あんなに強気なことを言ってしまって、大丈夫だったのですか？」

古道具屋のひしめき合う、狭い通りを歩きながら、フーチョンが訊いてきます。

「煽られて言っちゃったんだろうよ。赤ずきんは賢いくせに、頭に血が上りやすいところがあるからなあ」

ナップが、やれやれという顔で首を振りました。

王様に冒険譚を聞かせて小遣い稼ぎをするんだというシンドバッドを宮殿に残し、赤ずきんは町で事件の捜査をすることにしたのです。「あんたもついてきなさい」とナップに言うと、「僕もお供します」とフーチョンが申し出たのでした。

「《ハンニバル猛獣団》については少し知っているのでお役に立てるかと」

以前、ハンニバル団長に頼まれてテントに絵を描いたことがあり、それ以来交流があるとのことでした。

まず、連れ立って目指すことにしたのは、目下ポスマンが働いているという果物屋です。

「私のことをなんでもわかったように言わないで。大丈夫よ、殺人の証明なんて簡単だわ。パールーン王やみんなの前に、犯人を連れていってやればいいんですもの」

「犯人って……」

ナップが笑います。

「そんな簡単に、連れてこられるものかねえ」

「だからあなた方に協力してほしいんじゃないの」と、赤ずきんは二人の顔をかわるがわる指さしました。「いい？　ポスマンが逃げようとしたら押さえつけるのよ。というか、指輪の魔人をけしかけてしまえばいいわ」

「名探偵かと思ったら、言うことは乱暴だな。まあいい、恋愛だって時には強引さが必要だからね」

ナップの軽口を聞き流しながら歩いていくと、やがて古びた金物屋の向こうに、甘い香りを漂わせている果物屋が見えてきました。リンゴや梨、オレンジにマンゴーなどがいっぱいのかごに囲まれ、湯気の立つ大鍋をかき回している男性がいます。

「こんにちは。あなたがポスマンさん？」

赤ずきんは話しかけました。

「そうですが、リンゴはお好きですか、お嬢さん。この水あめをかけて、たったの2ディナールですぜ」

ポスマンはそう言うと、右手の人差し指を立て、鼻をぴくりと動かしました。とたんに指がナイフのような形に変わります。ポスマンはそれを器用に動かして、リンゴの皮を剝いていきました。

「どうです珍しいでしょう？　皮剝き代も1ディナールですが、初めてのお客さんにはサービスします」

「私は、アルダシルが船から消えて魚に食べられてしまった事件について訊きたいの」

「えっ」

ポスマンは怪訝な顔になりました。

「シンドバッドに聞いたのよ。あなたもあの船に乗っていたのでしょう？」

「……リンゴを買ってくださいよ。梨とマンゴーも」

お金を持っていないわと言おうとしたら、そばからナップが銀貨を何枚かポスマンの前に投げました。ポスマンはうなずき、「で、何を？」と訊きました。

「あなたのその呪われた指のことなんだけど、鍵に形を変えることはできるかしら？」

赤ずきんは訊ねます。その質問で、ポスマンは赤ずきんの知りたいことを理解したようでした。

「アルダシルさんの部屋の中には鍵があった。鍵がかけられるのは俺の指だけだ、そういうことですね？」

「そうよ」

ポスマンは、皮を剝き終えたリンゴを赤ずきんのバスケットの中に放り込むと、ズボンのポケットから鍵を右手で取り出しました。

「これがこの店の鍵です。見ててください」

すると、それまでナイフのような形だった右手の人差し指が、みるみるうちに変形して鍵になっていきます……が、

「ずいぶん歪《いびつ》ですね」

フーチョンが言いました。おおむね、店の鍵と同じ位置に突起がついているのですが、角が丸く、これでは鍵の役目は果たせそうにありません。

「ナイフだとか、錐だとか、金づちだとか、そういう単純な形なら大丈夫なんです。ですが、鍵みたいな複雑なものと同じように指を変形させるなんざ、無理ですよ」

「言い逃れをしたくて、わざとそうしてるんじゃないの」

「前に隣の家に泥棒が入ったとき、同じ理由で疑われたことがあるんですよ。そのときジュビダッド警察は、俺の指で百ぺんも実験をして、合鍵のような正確な形にするのは不可能だと認めています。嘘だと思うなら確認してみてくださいよ」

そこまで言うのなら、真実なのでしょう。

「だいたい俺はあの航海のとき、アルダシルさんの身に何かあったときに護衛するよう、マグダシルさんに言われていたんですよ」

ポスマンによれば、マグダシルはアルダシルが危険な航海に出るのを止めようとしていたそうなのです。カバを狩りにいくというその決心が揺らがないのを見て、会計と荷物係として同行することになったポスマンに、護衛まで頼んだというのです。シンドバッドは、おそらくそれを聞かされていなかったのでしょう。

「そのマグダシルさんが死んで、俺は失業しちまいました。なんとかここで手伝いをしてますが、どこかに会計の仕事はないもんですかねえ」

憂鬱そうなため息をつくポスマンでした。

「事件が解決したら、仕事探しを手伝ってあげてもいいわ」

赤ずきんはちょっと同情しました。

「本当ですか？」

「その代わりに教えて。あの航海に同行した人の中で、アルダシル殺害の動機を持っていたような人に心当たりはない？」

「まったく。というか、俺とシンドバッドさん、それに用心棒のオッコイ以外はみんな、アルダシルさんとは初対面だったんじゃないかな」

「そうだったのね。ところでオッコイは今、何をしているの？」

ふう、とポスマンはまた悲しそうな顔をしました。

「主人のアルダシルさんが死んで、目も当てられない悲しみようでした。葬儀が終わった後、巡礼に出るとジュビダッドを離れて、今はどこで何をしているやら」

「ちょっと待って！」赤ずきんは言いました。「アルダシルの葬儀のすぐあと、オッコイはジュビダッドから去っているの？」

「そうですよ」

「赤ずきん……」

ナップがいつになく神妙な面持ちでつぶやきました。フーチョンも不安そうに瞬きをしています。

「……そうね。テンダシルが死んだとき、オッコイはジュビダッドにはいなかった。となれば、ライオンの檻にテンダシルを入れることはできないわ」

「しかし、オッコイがアルダシルの形見として持っていた〝金のクジャクの布〟を誰かが引き継いで、ライオンの檻を大きくしたということも考えられませんか」

気を使ってか、フーチョンが言いました。

とにかく調査を進めようと、ポスマンに別れを告げ、三人はその狭い市場をあとにしました。

大通りに出たところで、赤ずきんに一つアイディアが浮かびました。

「ナップ、魔人の指輪を貸してくれる？」

ナップに手渡された指輪をきゅっきゅとこすると、指輪の魔人が現れました。

「お呼びだずか、ご主人様」

恭しく頭を下げる魔人に赤ずきんは言いました。

「オッコイをこのジュビダッドへ連れてきてほしいの」

包んだものを大きくできる布のことを明確にするには、持ち主本人に聞くのがいちばんです。

ところが、魔人は赤ずきんの額のあたりに手をかざすと、残念そうに首を振りました。

「ご主人様はその人を見たことがないだず？」

「ええ。話に聞いただけだもの」

「だったら申し訳ねえだども、連れてくることはできねえだず」

命令する者の頭の中にイメージがない人間は、魔人の力をもってしても、どこにいるのかわからないというのです。

「これはどんな魔人でも一緒だず。たとえランプの魔人でも」

当てが外れて消沈した赤ずきんでしたが、すぐに別のことを思いつきます。

「だったら、女泥棒ダリーラは？　物を小さくする布を持っている彼女なら、大きくする布のことも知っているかもしれない。彼女をここへ連れてきて」

「お安いごようだず。どこにいるかで時間は変わりますけんど、必ず連れてくるだず」

ぐるりと空中でとんぼ返りをすると、指輪の魔人はぴゅううと空高く飛んでいきました。

「さあ、私たちは次の場所へ行くわよ」


三人がやってきたのは、マグダシルが転落死した尖塔の前でした。広場というほどではありませんが道が広くなっていて、二人組の大道芸人が心地のよい音楽を演奏していました。周りには七、八人の聴衆がいます。

「まさか赤ずきんさん、あの塔に登るっていうんじゃないですよね？」

尖塔を見上げ、フーチョンが震えます。

「僕は高いところが苦手なんです。二階ぐらいなら平気ですが、三階より上になってしまうと、窓から外を見ただけで足がすくんじゃって……」

高所恐怖症ということでした。

「大丈夫よ。あの塔から落ちたとは思っていないわ。……ごめんなさい、ちょっといいかしら？」

聴衆の一人、水色のチョッキを着た三十歳くらいの男性に赤ずきんは話しかけました。

「なんだよ」と、男性はうるさそうに言いました。

「少し前、この塔から男の人が転落死した事件を知らない？」

「マグダシルだろ？　俺の店の売り上げと税の計算をやってくれていた男だ」

水色のチョッキの彼は、燻製食品を扱う商人だそうです。

「彼は自殺したっていう噂だけど？」

「とんでもない。やつは大臣の甥で、近々遺産が入る予定だったんだ。自殺なんてするわけがないだろう」

やっぱりそうよね、と赤ずきんは心の中でうなずきます。そしてやはり、尖塔のてっぺんの部屋は狭くて、大人二人が入ることはできないとのことです。窓から突き落とすのは不可能です。

「死体が見つかったとき、すぐそばの地面に何か焦げた跡があったって聞いたんだけど」

「ああ、ちょうどあんたが立っているそのあたりだ」

赤ずきんは足元を見ました。焦げはなく、黄色いレンガが敷き詰められているだけです。

「マグダシルの体を火薬で打ち上げたっていうことはないかしら？」

「ぶわっははは、そりゃねえな。俺はこのすぐ裏に住んでいるが、火薬なんて爆発させたらでっかい音がしていたはずだ」

サルモンドの推理のほうがまたもや正しかったわ、と軽く屈辱感を覚えたそのとき、燻製商人はとても重要なことを言ったのでした。

「ありゃ、ブブキフィを焚いた跡だと思うぜ」

その言葉を聞いて、赤ずきんの中に忌々しい記憶がよみがえりました。

ものすごい速度で岩山に向かっていく絨毯。黒と紫の入り混じった奇妙な煙――その煙の近くで絨毯は急に方向転換をし、バランスを崩した赤ずきんは森の中へ真っ逆さまに落ちたのでした。

「空飛ぶ絨毯を引き寄せる、不思議なお香よね？」

「そのとおり。空飛ぶ絨毯はおおむね、持ち主の意思によって動かせるが、ブブキフィの煙の周囲では制御不能に陥っちまって、ぐるぐる回り続ける」

「ここに残っていた焦げ跡がブブキフィのものだっていうのは、どうしてわかったの？」

「焦げ跡に特徴的な黒と紫色が混じってた。それに、燃え残ったカスもあった。……ははっ、俺は燻製を作るのにあらゆる煙を試したもんだ。ブブキフィは、ありゃダメだ。肉は固くなるし、空飛ぶ絨毯は飛んでくるしで、使い物になんねえ」

赤ずきんは頭上に目を向けます。高くそびえる尖塔――その近くに事件当夜、空飛ぶ絨毯が飛んでいた……。

「ひょっとして、マグダシルは空飛ぶ絨毯から落とされたのかな」

ナップがつぶやきました。

「犯人はあらかじめここでブブキフィを焚いて、手足を縛ったマグダシルを乗せた空飛ぶ絨毯を飛ばした。この上に空飛ぶ絨毯が吸い寄せられたときを狙って、マグダシルを落とす。そうして、尖塔から自殺したように見せかけた、とか」

「そりゃ変だ」燻製商人は笑いました。「そのやり方を取るなら、初めからマグダシルと一緒に空飛ぶ絨毯をこの上に飛ばせばいいだけだ。なんでわざわざ、ブブキフィを焚く？　むしろ、ブブキフィの煙が立ち上っていたら、空飛ぶ絨毯は制御不能になっちまうんだぜ」

「そうか。……ま、僕はもともとこういうことを考えるのは苦手なんだ。はは、赤ずきんに任せるよ」

両手を頭の後ろに回し、あっけらかんとするナップ。

ブブキフィの焦げ跡には何かの秘密があるに違いないわ、と赤ずきんは思いました。

「ありがとう、燻製商人さん」

お礼を言って、赤ずきんは再び次の場所へ向かいます。


三男のテンダシルが大道芸を披露していた広場は、全速力で走っても一回りするのに二十分くらいかかりそうな広さでした。ところどころに露店が立っていますが、今日の目玉の催しは、ラクダの競《せ》りでした。

「さあお次は、はるばるダブダビからやってきた、フタコブラクダのアルファン、七歳！　どんな日差しも砂嵐でもびくともしない豪傑だ。見てくれこの毛並み、見てくれこの蹄、ちょっとやそっとじゃお目にかかれない頑丈なラクダだよ。3万ディナールから、どうだ！」

「4万！」「6万！」「7万！」

羽振りのよさそうな商人が、次々とラクダの値段を吊り上げていく様は見ものでしたが、赤ずきんたちにそれを見物する余裕はありません。

「あんなところで競りをやってたんじゃ、何も調べられないじゃない」

フタコブラクダが載せられた立派な舞台は、ちょうど広場のど真ん中を占領しているのでした。競りに参加している商人や、控えているラクダの群れがひしめき合っていて、調べるどころか、近寄ることもできないのです。

「しょうがないよ。イタリア人がいつだって恋に夢中なのと同じように、アラビア人はいつだって商売に夢中なんだ」

ナップのしゃべり方はいちいち鼻につきます。

「せめて、《ハンニバル猛獣団》が来ていたときの天幕の配置図なんて手に入ればいいんだけど……フーチョン、誰かそういうのを持っていそうな人を知らない？」

フーチョンは目を細めて考えますが、「すみません、心当たりはありません」と謝りました。

「それに、そんなものをいつまでも取っておく人がいるとも思えません。アラビア人は、お金にならないものはさっさと捨ててしまいますから」

「そうよね」

テンダシルの件について、調査は難しそうでした。いったいどうすれば、三人の死を殺人と証明できるのか――そもそも、本当にどうやって三人は殺されたのか。赤ずきんは、自信がなくなってきたのでした。

4.

目を覚ますと、枕もとのランプが薄青い炎を立てています。

「ああそうだわ、夕方になる前に、宮殿に帰ってきたんだった」

赤ずきんたち三人は、その後も三つ子の死の真相を解く手がかりを求めて聞き込み調査をしたのですが、成果はありませんでした。宮殿に帰ってきたときにはヘトヘトで、「とりあえずまたあとで」と曖昧な約束をして、それぞれの部屋に戻ったのです。赤ずきんはベッドに身を投げ出し、そのあとすぐに眠ってしまったようでした。

「おなかがペコペコだわ。何かを食べましょう」

ベッドから降り、まずは閉め切られた窓に向かいます。全開にすると、夜風とともに肉の焼けるいい匂いが入ってきました。赤いレンガの塀の向こうに丘の下り斜面があり、その先にきらびやかなジュビダッドの夜景が見えます。

とりあえず、食堂へ行ってみようかしらと、赤ずきんは窓を開けたまま部屋の扉を開きました。廊下の壁の上部には等間隔に火のついた松明が取り付けてあり、その明かりが黄金の壁を煌めかせていて、豪華な宮殿だわと今さらながらに思いました。

「ナップとフーチョンを誘おうかしら」

ナップの部屋は左に進んで少し行ったところにある《インド象の間》ですが、フーチョンがこの宮殿のどこに寝泊まりしているかは知りません。

ナップに訊けばわかるでしょうと廊下に一歩出たそのとき、背後からびゅううとつむじ風が赤ずきんの脇を通り抜けました。見覚えのあるピンクの塊が、赤ずきんの前で指輪の魔人へと姿を変えますが、その腕には一人の若い女性が抱えられていました。胸と腰を覆うだけの緑色の布の他には、口元を隠す面紗と髪飾りしか身に着けていない、ずいぶん露出の多い格好です。アラビアのダンスを踊る女性でしょう。

「あっ、あんた、どうして元の大きさに戻れたの？」

彼女は赤ずきんを見て言いました。その声を聞いて赤ずきんはわかりました。ぱっちりとした二重まぶたの美形の顔——女泥棒ダリーラです！

「夢よ。悪夢だわ！　こんな呪いの夢、誰が見せてるの？」

わめきはじめるダリーラをぽーんと廊下に投げ出すと、指輪の魔人は、

「ご主人様。たしかにご命令を果たしましただず。おらは帰らせてもらうだず」

恭しく頭を下げ、しゅるるとピンク色の煙になると、赤ずきんの部屋から見て右のほうに飛んでいき、廊下の突き当りを左に曲がっていきました。

「せっかくスコタンチンノープルの大金持ちの屋敷で踊るダンサーに採用されて、今夜、大仕事を仕掛けてやるつもりだったのに！　なんなのよ、突然現れたあのピンク色のオヤジは！」

「指輪の魔人よ。魔人としてのグレードはまあまあだけど、わりと役に立つの。私の体の大きさを元に戻してくれたのも彼よ」

ダリーラは立ち上がって赤ずきんの姿をまじまじと見つめていましたが、「ふん」とせせら笑いました。

「悪運の強い女だね」

「ダリーラ、私を小さくした〝銀のクジャクの布〟を持っている？」

「あんたにゃ渡さないよ」

「渡さなくてもいいから、ひとつ教えて。あの布と逆に、包んだ物を大きくしてしまう〝金のクジャクの布〟のことは知ってる？」

ああ……ダリーラは呻きました。

「なんて忌々しいことを思い出させるんだい。私がかつて盗もうとして失敗したものじゃないか。ダマクスクスの魔法使いが持っていたが、あと少しというところまでいったのに魔法で弾き飛ばされちまったんだ。結局、魔法使いはジュビダッドのアルダシルというやつに売ったと聞いたよ」

「間違いないわ、その布よ。その布で大きくしたものは、簡単に元に戻せるの？」

ダリーラは首を横に振りました。

「〝銀のクジャクの布〟のほうは特別な踊りで元に戻せる。だけど〝金のクジャクの布〟で大きくした物は、魔人の力でも使わない限り戻せやしないね」

やはり。ライオンの檻を大きくして中にテンダシルを入れたという推理は、成立しないようです。殺人であるにせよないにせよ、テンダシルはどうやってライオンの檻に入ったのでしょうか？

「それよりここはどこなんだ、赤ずきん。スコタンチンノープルからだいぶ離れている気がするけど」

ダリーラが、いらいらした様子で言いました。

「ジュビダッドのパールーン・アッラシード王の宮殿だわ」

「なんだって！」

ダリーラはほっぺたを挟んで叫んだかと思うと、ぐふふふと気味悪く笑いはじめます。顔は端整でスタイルも抜群なのに、笑い方はまるで中年のおじさんです。

「王の宮殿に忍び込めたなんて幸運だ。何かお宝を頂戴して帰んなきゃ」

言うが早いか、廊下を左のほうに走っていきます。

「待ちなさい！」

赤ずきんは追いかけます。ダリーラはしばらく走ると、ピンときた様子で扉を開きました。そこは、《インド象の間》です。あんな女たらしの部屋に裸同然の恰好で飛び込むなんて……！

赤ずきんもダリーラの後を追いかけて中に入りました。

部屋の中には、誰もいませんでした。あちこちに脱ぎ散らかされた服と、わずかばかりの荷物があるだけです。

「金に替えられそうなものはないね」

文句を言いながら、ダリーラは部屋の中を物色しはじめます。ナップのやつ、どこに行ったのかしら？　それより、あの魔法の指輪が見つかってこの女に盗まれたら大変だわ――と、そこで、赤ずきんはある違和感に気づいたのでした。

煙になった指輪の魔人は、この部屋とは逆の方向へと進んでいきました。廊下のあっちのほうはたしか、王の家来たちが詰めている部屋があるはずです。ナップがどうしてそんなところへ行くのでしょうか。なんだか、胸騒ぎがします。

「価値のありそうなものはこれくらいだが、誰に売りつけるかねえ」

腰に手を当て、象の木像を見上げるダリーラ。このままこの泥棒を野放しにすることはできません。仕方ないわ、と赤ずきんは思いました。

「ダリーラ、私、お宝がありそうな場所を知ってるわ」

「何だって？」

こちらを振り返ったダリーラは、疑わしげな顔をしていました。

「ほら、早くいきましょう」

手招きをすると、ダリーラはついてきました。先ほど、指輪の魔人が煙となって去っていったほうを目指して歩いていきます。角を曲がると、階下へ行く階段があるきりでした。ダリーラと共にそこを降りると、左右に青い扉がありました。客室のものとは明らかに違う、質素なつくりで、それぞれに札が掛かっていますが、赤ずきんの読めないアラビアの文字です。

「ダリーラ、これは何て書いてあるの？」

「こっちは『倉庫』、こっちは『画家の部屋』だよ」

画家の部屋……フーチョンの部屋でしょうか。

「あんた、知ってて私を案内したんじゃないのか？」

ダリーラを無視し、赤ずきんは『画家の部屋』の扉をノックします。返事がありません。取っ手を握って引くと、難なく開きました。赤ずきんの部屋に比べてだいぶ狭く、床は板がむき出しで装飾も何もない部屋でした。右の壁にも左の壁にもずらりと絵が並んでいます。左側の天井付近に柵付きの張り出した床《ロフト》があり、梯子でそこへ登れるようでした。

「名のある画家の作品か？」

ダリーラは無遠慮に絵を物色しはじめました。

「なんだいなんだい、おっさんの絵ばっかりじゃないか。しかも全部、目がないぞ。気味が悪いったらないよ」

ダリーラの言うように、壁に貼られたり立てかけられたりしている絵は全て、ターバンを被った男性の肖像画なのですが、目がないのです。目は最後に描くのがチャイナの絵描きのやり方だとフーチョンは言っていましたが、それならこの絵は全部未完成なのでしょうか。

そのとき、赤ずきんは何かをガサっと踏んでしまいました。拾い上げるとそれはくしゃくしゃの紙です。丸い建物のようなものを俯瞰で見た見取り図のようですが、書かれている字が読めません。

「ダリーラ、これは何て書いてある？」

「ん？　ハンニバル……猛獣団……天幕図、だって」

広場にサーカスの猛獣団がやってきたときの天幕の見取り図？　フーチョンは「心当たりはない」と言っていませんでしたでしょうか。

赤ずきんはそれをじっと見ます。広場のちょうど中央に位置する天幕には、ライオンの絵が描かれています。

「おっ！　これは目がある」

そのときダリーラが、一枚の絵を両手で持ちました。それは、まぎれもなくナップの絵でした。

たしかに目はあるのですが……緑色です。それも、ガラスの欠片が入った絵の具でも使ったのか、やけにキラキラしているのでした。

「ナップの目はこんな色じゃないわ」

「まあまあいい男じゃないか。これなら金持ちの未亡人に売れるかもしれないな」

ダリーラは、絵をさっと小脇に抱えて部屋を出ていこうとします。

「待ちなさいよ」

追いかけようとすると、ダリーラは振り返り、腰から水筒のようなものを引き出して赤ずきんに向けました。

「忘れてないだろうね、石化の泉の水だよ」

「えっ?」

「それ以上近づくと、これをぶっかける。かかったところは石になっちまうよ!」

赤ずきんは思わずたじろぎます。その隙に、

「あばよ、赤ずきん」

と、ダリーラは外へ出ていきます。まさか石化の泉の水を用意していたなんて……赤ずきんはしばらくその場に立ち尽くしていましたが、

「いや、やっぱりダメよ!」

部屋を飛び出しました。ダリーラは、すでに廊下を二十メートルほど走っていました。廊下は迷路のようになっていて、曲がり角がたくさんあります。

ダリーラはすぐに左のほうに曲がっていきます。赤ずきんも追いかけて曲がると、廊下はどん

詰まりになっていて、左右と正面に一枚ずつ扉があります。

「待ちなさい」

「しつこい女だね、ええい！」

追い詰められたダリーラは、正面の扉を蹴り開けて入っていきました。

「ん、なんだなんだ？」「踊り子だ」

中から戸惑ったような男性の声が聞こえました。

「その踊り子は泥棒よ、捕まえて！」

叫びながら部屋に飛び込み、赤ずきんは仰天しました。ダリーラと対峙している、男性三人組
――《ラーバク保険会社》の三人でした。

「あんたたち、こんなところで何をしてるの？」

「何をって、球打ちさ」

イチゴのあざの男が、右手に持った丸い板のようなものを振り回しました。ひげもじゃの男は黒いボールをぽんぽんと床に弾ませてみせます。よく見れば三方の白い壁に赤い線が引かれていて、壁に球をぶつけて打ち合う球戯場らしいのでした。

「あなたのせいで足止めを食らいましたが、宮殿を出なければ自由だと言われました。なので、暇つぶしをしていたのです」

皮膚の中でサメが泳いでいるサルモンドが言いました。

「調査は進みましたか？」

「それどころじゃないのよ。その泥棒女を捕まえて。絵を盗もうとしているの」

「それはまずい」

とひげもじゃの男。

「パールーン王はたしか、盗難保険に入っていなかったか。宮殿内から物が盗まれたら、俺たちは大損だ」

「捕まえよう！」

と襲い掛かるあざ男とひげもじゃ男を、ダリーラはダンスでも踊るようにひらりひらりと躱し、長い足でぼこっ、ぼこっと蹴りつけました。二人はうぐうと声を上げ、うずくまります。

「あばよ！」

部屋の奥の黒い扉――別の廊下への通用口のようでした――に手をかけるダリーラの後頭部に、ぱかーん！　と黒い球が当たりました。

「ぎゃっ」

ダリーラはうつぶせに床に倒れます。跳ね返ってきた球をぱしりとキャッチしたのは、サルモンドでした。

「アレキサンドリアの学校を追放されたあと、ある師匠について球打ちを習得したのです。ドーハの闇球戯場では、ずいぶん稼がせてもらったものですよ」

冷たく微笑むと、サルモンドは死んだ蛙のような格好で伸びているダリーラに近づき、ナップの絵を拾い上げました。

「おや、これは珍しい」

「珍しいって？」

「私の父はエジプト呪術の専門家だと言いましたね。それで、知っているのです。この、目の部分に使われている顔料のことを。ちょっと、持っていてくれますか？」

赤ずきんに絵を預けると、サルモンドはそばの壁に手を伸ばし、取り付けられていた照明具を取り外しました。ふっと火を消し、懐から取り出した白い布を照明具の油に浸しました。そして、赤ずきんの持っているナップの絵の、目の部分を拭い始めたのです。

「勝手にそんなことをしていいの？」

「お友達を助けるためですよ」

ゆらーりとその顔の中を、サメが泳いでいきます。絵の中のナップの目がすっかり消えた、そのときでした。ぎゃああっ！と、宮殿のどこかから女の人の叫び声が聞こえたのでした。

「なに？　なに？」

「行きましょう」

うずくまっている二人の保険会社の男と気絶したダリーラを置いて、サルモンドは黒い扉を開けます。急な展開に面食らいながらも、赤ずきんは絵を抱えたまま、サルモンドについていきました。

廊下で尻もちをついている女性に出会ったのは、球戯場を出ていくつか角を曲がったところでした。身にまとった黄色い服から、宮殿の女官だとわかります。少し開いた扉の向こうを、獣でもいるような目つきで眺めていました。

「どうしたの？」

と、赤ずきんがその扉をひょいと覗くと、ベッドにナップが腰かけていました。

「ナップ、あんた何をしているの？」

「ん……ああ、赤ずきんか。紹介するよ。この宮殿に来てから僕が初めて口説き落とした、ベレニナさ」

廊下の女官を見ながら、ナップは臆面もなく言いました。

「ジュビダッドの町で調査を終え、君たちと別れて部屋に入ったあと、僕は眠くなってベッドに横になったんだ。まどろんでいると扉がノックされ、開けるとそこにフーチョンがいた」

「フーチョンが？」

「そうさ。ちょっと絵の具が足りなくなったから魔人の力を借りたいっていうから、指輪を貸してやったのさ。フーチョンが立ち去った後、すっかり目が冴えてしまって、女の子と甘い時間が過ごしたくなった。それでこの部屋にやってきたんだ」

いつでも女の子のことしか考えていない男です。

「ベレニナは僕を迎え入れてくれた。それでしばらく彼女のために優しいポエムをひねり出していたら、突然、薄暗い部屋に移動していたんだ」

「薄暗い部屋？」

「絵がたくさんある、陰気な部屋だよ。黒い布で覆面をした人間が部屋を出ていくのが見えて、それっきり。体はまったく動かず、僕は目だけが左右に動かせる状態だった。どうなっちまったんだと戸惑ったけど、しばらくしたらドアが開いて、君と、肌が露《あら》わな踊り子が入ってきた。踊り子が僕を抱えて走り出し、球戯場に入ったかと思うと僕は床の上に投げ出された。……なんだか、絵になったような気分だったよ」

妙です。後半は、赤ずきんが『画家の部屋』に入ってから見てきた光景でした。赤ずきんは、廊下に座っているベレニナという女官を振り返りました。

「あなたは？　ナップがこの部屋に来てからどんなことが起きたの？」

「はい……ナップさんは優しいポエムを作ってくれていましたが、急に私の前から姿を消したのです」

「姿を消した？」

「はい。私は戸惑いましたが、ナップさんと秘密の時間を過ごしていたことを、誰かに話すわけにはいきません。それでベッドに横になってぼんやりしていたら、突然また、ナップさんが現れたんです。私は驚いて廊下に飛び出しました。姿を消したり現したり、ナップさんは本当は魔人なのではないかと……」

「魔人なんかじゃない。僕は恋するイタリア人さ」

本当に、どんなときでも自分の調子を崩さない男ね、と赤ずきんが呆れかえったとき、

「おわかりになったでしょう？」

サメ男のサルモンドが言いました。

「すべてはあの緑色の顔料のせいなのです」

「顔料って、ナップの目を描いていたあれ？」

「そうです。あれはエジプトに古くから伝わる悪魔の顔料。人を絵の中に閉じ込めてしまえるのです」

そんな不可思議な……という言葉を赤ずきんは飲み込みました。アラビアにやってきてからと

いうもの、不可思議な現象は数えるのも嫌になるくらい起きています。

「ただし、その力を使うには条件があります。まずは、目以外、その人間の顔をそっくりに描いておくことです。そうして最後に、あの顔料で目を描くのです」

赤ずきんの脳内に、はるか東方にあるチャイナのことわざがよぎっていきました。

サルモンドは続けます。

「エジプトでは大昔、この呪術が流行りに流行り、王権争いに絡んで多くの人間が絵の中に閉じ込められました。その混乱を収拾するため、時のファラオが『現物とそっくりな絵を描くことを禁じる法』を制定し、以来エジプトでは、ピラミッドの壁画に代表されるような平面的な絵しか描かれなくなったのです」

「そうだったんだ」とナップは感心し、「そういえば、君が僕の目を油で拭ってくれたとたん、僕はここに戻ってこられたね」

ええ、とサルモンドはうなずきました。

「目を消してしまえば、閉じ込められた人間は元いた場所に戻ると文献に書いてありました。それで、彼女の前から姿を消し、同じ場所に戻ったのでしょう」

「そういうことだったのですか」

ベレニナは立ち上がり、胸をなでおろしました。

「ナップさんが魔人でないと知って、安心しました」

「僕はしがない、恋するイタリア人だよ」

どうでもいいわ、と赤ずきんはその場を立ち去ろうとしましたが……

「えっ？」

あることに気づいて足を止めました。

「サルモンドさん。あの緑色の顔料を使って絵に閉じ込められた人は、目が消されたら元いた場所に現れるのね？」

「そうですよ。そこのイタリア人がそうなったように」

赤ずきんの頭の中で、いろいろなことがつながっていきます。そうか、そういうことだったのね……

「いったいどうしたというのです？」

不思議そうな顔をするサルモンドに、赤ずきんはにこりと笑ってみせました。

「ありがとうサルモンドさん。すべてスッキリしたわ」

5.

赤ずきんがいつものバスケットを携えて、再び『画家の部屋』を訪れたのは、それから二時間後のことでした。こんこんと扉をノックします。

「はーい」

中から声が返ってきました。

「私よ、赤ずきん」

「あっ。すみません、今ちょっと手が離せません。開いていますので、どうぞー」

赤ずきんは扉を開けて中に入ります。先ほどと同じように、左右の壁に目のない絵が飾られた、不気味な空間。左手上部の、柵で囲われた張り出し床の位置にランプの光が灯っていました。しかし、先ほどあったそこに上がるための梯子はありません。

「ああ、赤ずきんさん。よくここがわかりましたね」

柵の向こうからひょっこりフーチョンが顔を覗かせます。

「ええ。あなたはいつもそこにいるの？」

「寝床兼作業場といったところですかね。狭いほうが集中できるんです。梯子を引き上げてしまえば誰も上がってくることもできませんし。……あれ、赤ずきんさん、面紗をつけてるんですか？」

赤ずきんの口と頬を覆う布を見て、フーチョンは言いました。

「女性は顔を隠したほうがいいんですって。ねえ、そっちに上がってもいい？」

「申し訳ありませんが、今夜中にやらなければならない仕事がありまして。ご遠慮いただけると……」

「それなら仕方ないわ。ところで、指輪の魔人の指輪を知らないかしら？　ナップがいなくなってしまって」

「いや」少し間が開きました。「あいにく僕は、知りませんね」

柵の向こうに顔を引っ込めるフーチョン。早く話を切り上げようとしているようでした。赤ずきんは近くにあった台の上に、バスケットを置きました。

「王様がおいしい焼き菓子をくれたのよ。私がよく焼くクッキーっていうお菓子に似ているわ。

あなたもどう？」

バスケットに掛けられたハンカチの中に手を入れ、焼き菓子を一枚取り出しました。

「すみません。僕はいいです」顔を出さず、フーチョンは迷惑そうに言いました。「追い出すようで恐縮ですが赤ずきんさん、お話がそれだけなら……」

「ごめんなさいフーチョン。実は私、さっきこの部屋に入ったの」

突然の赤ずきんの告白に、「えっ？」とフーチョンは意外そうな声を出しました。

「そのときこの部屋で拾ったのよ。《ハンニバル猛獣団》がジュビダッドに来たときの、天幕の見取り図を」

フーチョンは何も答えません。

「ねえフーチョン、あなたはどうしてこれのことを黙っていたの？」

「……そんなものがどうしてこの部屋にあったんでしょう。こっちが聞きたいです」

「ねえフーチョン」赤ずきんは語気を強めました。「あなたの描く肖像画は、どうしてみんな目がないの？」

ややあって、フーチョンは顔を出しました。

「目は完成させるときに描くんです。話したはずですが」

「それじゃあ」

と赤ずきんはフーチョンの顔を指さしました。

「あなたの犯罪計画は、どうしてそんなに杜撰なの？」

眉をひそめ、こちらを睨んでくるその細い目に向かい、赤ずきんは言います。

「アルダシル、マグダシル、テンダシル。イルジー内務大臣の三人の甥を死に追いやったのは、あなたよ」

「……何を言うんです？」

「そっくりに描いた相手を絵の中に閉じ込めてしまう、古代エジプトの悪魔の顔料。心当たりがあるわね？」

また、沈黙です。

「実はね、さっきこの部屋から目がちゃんと描いてあるナップの絵を持っていってしまったの。それで、目の部分を油で拭き取ってしまったら、目の前にナップが現れたのよ」

ふぅーと息をつき、フーチョンは「白状しましょう」と表情を和らげました。「確かに僕は父からその顔料の技術を受け継ぎました。しかし、ナップさんにそれを仕掛けたのは、ただのイタズラです。仲良くなったら、相手にイタズラしたくなりますでしょう？」

「どうかしら」赤ずきんは周囲を見回しました。「これだけ多くの目のない肖像画を描きながら、イタズラでは済まないと思うわ。あなた、気に入らない人をいつでも消せるように肖像画を用意しているみたい」

「まさか」

「ナップを絵に閉じ込める直前、あなたは彼から指輪を借りたそうね」

少し言葉を選ぶ間がありました。

「聞いていませんか。絵の具が足りなくなったから、魔人に出してもらおうと思ったんですよ」

「信じられないわね。あなたは、自分が三つ子を殺したのが明るみに出るのを恐れ、万が一のときには指輪の魔人を味方につけておいたほうがいいと思って、指輪をナップから横取りすることにしたんじゃないの？　彼を絵に閉じ込めたのはそのためよ」

ふふっ、とフーチョンは笑いました。

「発想が飛躍していますね。僕がどうやって三つ子を殺したというんです？」

「三つ子の目のない肖像画と悪魔の顔料を使えば簡単だわ」

赤ずきんは人差し指を立てました。

「まずはアルダシルの事件から。彼がシンドバッドの船に乗ってアフリカを目指すことを知ったあなたは、一行がジュビダッドを出て十分に時間が経ち、バーソラーから出港して数日経ったであろう日の深夜に、行動を起こした。といっても、あなたがやったのは、この部屋でアルダシルの肖像画に目を入れることだけ」

船がどこを走っているか知らずとも、目を描かれたアルダシルは絵の中に閉じ込められ、船から姿を消すというわけです。

「翌朝になってあなたはアルダシルの目を消す。そのあいだに船は進んでしまっているから、消える前の場所に戻ったアルダシルは、船室ではなく海の上の何もない空間に現れるわ。あなたはアルダシルが溺れて行方不明になることを想定していたかもしれないけれど、実際は怪魚に丸のみにされたというわけ」

「事実だとしたらひどいことです」

フーチョンは、まるで他人事のように言いました。赤ずきんはかまわず続けます。

「続いて、尖塔から落ちたマグダシル。あれは空飛ぶ絨毯を使ったトリックね」

「僕は高いところが苦手です」

「だからこそ、ブブキフィを使ったのよ。あなた、マグダシルの肖像画を描いているとき、彼から熱を上げている女性の名前を訊いたんじゃないの?」

「だったら何ですか」

「その女性の名を使って手紙を書いたら、マグダシルはほいほい言うことを聞いたでしょうね。おおかたこういう内容よ。『夜中にお会いしましょう。絨毯の上に木の椅子を置いておくので、人々が寝静まったころ、そこで座ってお待ちください』」

フーチョンは黙っています。

「待ち合わせ場所は、尖塔から走っていけるくらいの場所を選んだんでしょうね。目を入れていないマグダシルの絵を携えて、あなたは彼が来るのを物陰で待った。やがて何も知らないマグダシルがやって来て、椅子に座ったのを確認するとすぐに尖塔の前に走り、ブブキフィを焚く。そしてまた空飛ぶ絨毯のもとに走り、絨毯を飛ばしたのよ」

自分が乗っている絨毯が空飛ぶ絨毯だと知ったマグダシルは焦ったでしょうが、もう降りることはできません。空飛ぶ絨毯はブブキフィの煙を目指して飛んでいき、その周りをぐるぐると回り始めます。

「そこであなたは、マグダシルの絵に目を入れる。絵に閉じ込められたマグダシルが絨毯の上から消えたのを見計らい、ブブキフィを処分し、空飛ぶ絨毯を地上に戻した。すべての片付けを終えた後で絵の目を消すと――」

絨毯のない上空に戻ってしまったマグダシルはそのまま落下し、地面に打ち付けられて死んでしまうというわけです。

遺体の下にあった木の板は、マグダシルが消えたときに絨毯から落ちてしまった椅子でしょう。

「絨毯を処分し、ブブキフィの跡をしっかり掃除したつもりだったかもしれないけれど、暗くて完璧ではなかった……。遺体の下に板を置きっ放しにしたのは、誤った方向へ推理を導くためね。お香に詳しい燻製商人さんに焦げ跡を見られたのは、運が悪かったわ」

「もしそれが事実なら、たしかに運が悪いですね」

あくまでフーチョンはとぼけています。

「最後はテンダシルよ」

赤ずきんは強気に言いました。

「《ハンニバル猛獣団》の団長と懇意だったあなたは、ジュビダッドに以前彼らがやって来たときに広場に建てた、天幕の正確な見取り図を手に入れることができた。それがこれね。今回ジュビダッドに来るときにも同じ配置で天幕を張るつもりだと聞いたあなたは、ライオンの檻がちょうど広場のど真ん中に来ることを知っていたのよ」

赤ずきんは手の中の見取り図をフーチョンに突き付けます。フーチョンは目をそらしました。

「これは私の勘だけど、《ハンニバル猛獣団》のジュビダッド公演に対してテンダシルが座り込みの抗議をすると聞いたとき、それなら広場のど真ん中がいいと唆したのはあなただったんじゃないかしら？　テンダシルはそれを真に受けた。そして、《ハンニバル猛獣団》がやって来る前日の早朝、あなたに絵に閉じ込められたのよ」

卵売りのお婆さんが目を離した、ちょっとの隙の出来事だったのでしょう。

「そのあとはもう簡単だわ。《ハンニバル猛獣団》は予定通りの場所にテントを張ってくれた。あなたが絵の目を消すと、テンダシルが戻るのは広場のど真ん中。そこはすでにライオンの檻の中よ」

獰猛なライオンは、突如目の前に現れたごちそうに飛びついたに違いありません。

「ふーん」

フーチョンは唸るように言いました。

「たしかにこの絵の具を使えば、三人を殺せるようです。しかし、どうして僕は彼らを殺したというのです？　動機がないでしょう？」

「ナイルパーチよ」

フーチョンの顔がこわばったのを、赤ずきんは見逃しませんでした。

「指輪の魔人や宮殿のいろんな人にも訊いたわ。あそこにはもともと、あなたのお祖父さんとお父さんが絵を描く作業場があったそうね。あなたがまだ小さい頃、二人と一緒に絵を描いていたそうじゃない。その作業場は、あなたにとって大事な思い出の場所だった」

フーチョンは何も言わず、赤ずきんを見下ろしています。

「ところが数年前、食糧難に備えてナイルパーチの池を作るよう、三つ子がパールーン王に進言したのね。内務大臣の甥っ子の言うことですもの、ただの絵描きがそれに反対できるはずもなく、王は作業場を壊して池を造った」

赤ずきんはここで言葉を切り、フーチョンの答えを待ちます。

フーチョンは軽く首を傾げるような仕草で沈黙していました。しかしその顔が次第に、赤く染まっていきます。

「食糧難に備えて、ですって？」怒りのこもった声でした。「繁栄の都ジュビダッドには毎日、アラビアはおろか、アフリカやインドからもたくさんの食べ物が運ばれてきます。食糧難なんかあるもんですか！」

その息は、次第に荒くなっていきました。

「あの三人は、ナイルパーチの釣りを楽しんでいたのですよ。だけどそれにもすぐに飽き、誰もあの池には近づかなくなった。祖父と父と僕の思い出の場所を奪ってまで造られたのは、誰の食卓にも上がらない魚がうようよ泳ぐ、汚い水たまりですよ！」

「それで、三人を殺したのね？」

フーチョンはしばらく荒い息をしていましたが、やがて落ち着いたように「ええ」と認めました。

「ナップさんにあなたのことを聞いたときから、嫌な予感がしていたんです。せっかく行方不明になってくれたと思ったのに、また戻ってきて、迷惑な話ですよ。でも、僕も対策をしなかったわけではありません。間に合いましたよ、ほら」

フーチョンは柵の向こうから、一枚の絵を見せてきました。目がないその肖像画は、赤ずきんの顔でした。

「僕が杜撰だというならあなたは軽率です、赤ずきんさん。一人で来るなんてね」

赤ずきんはじっと彼の目を見つめるだけです。フーチョンはチョッキの胸ポケットから絵筆を一本抜き出しました。キラキラしたガラス片の入ったような緑色の顔料がついています。

「あなたはこの場で消えてしまう。三つ子の死の謎を解けず、故郷へ逃げ帰ったと皆は思うでしょう」

言うが早いか、フーチョンは赤ずきんの見ている前で、さっさっと絵に目を描き入れていきました。

「へぇー、やっぱり早くて上手いものね」

完成した絵を見て、赤ずきんは余裕たっぷりに言ってやりました。

「えっ？　ど、どうして……」

消えない赤ずきんを見下ろすフーチョンは、慌てふためいています。

「その顔料は、『そっくりに描かれた肖像画』にしか通用しないのよね」

言いながら、顔の下半分を覆っている面紗を赤ずきんは外しました。

「ぎゃっ！」

フーチョンは叫びました。赤ずきんの右の頬がまるまる、石になっているからです。

「アコノンという町には変わった泉があってね。触れた肌を石にしてしまう水が湧いているのよ」

「ア、アコノンまで行って水を汲んできたというのですか？　で、でも……それができる魔人の指輪は私の手中にあるのに」

「この宮殿に呼び寄せた女泥棒が持っていた泉の水を使わせてもらったのよ」

悔しそうに赤ずきんの顔を凝視するフーチョン。

赤ずきんの視界の端を、ちょこちょこと何かが動いていきます。

「は、は……はっはは」

フーチョンは突然、笑いはじめました。

「絵に閉じ込められるのを防ぐために、自分の顔の一部を石にするなんて。その度胸はさすがとしか言いようがありません。しかし、それで勝った気になってはいけませんよ。何と言ったって僕には指輪があります。今この場から、遠くの国に逃げることだってできるんですから」

「どこにあるの、指輪は？」

「だからここにあると言っているじゃ……あれ、あれ？」

フーチョンは焦りながら周囲を見回しています。

「ここに置いてあったはずなのに！　どこだ、どこだ？」

赤ずきんの足からそれが上がってきます。腰から背中に回り、ずきんの中へ……

「私が軽率だというなら、あなたは魯鈍《ろどん》よ、フーチョン」

頃合いを見計らって、赤ずきんは言いました。

「私の部下が、あなたの指輪を盗んだことに気づかないなんてね。ダリーラ！」

「誰が部下だよっ！」

赤ずきんのずきんがもこもこと動いたかと思うと、石になった頬のすぐそばからひょっこり、握りこぶしくらいの大きさのダリーラが顔を出したのです。右腕には、魔人の指輪が腕輪のように嵌まっていて、それを見たフーチョンの驚きっぷりったらありませんでした。

「なんです、その、小さい踊り子は」

「今日はダブダビ明日はダマクスクス、アラビア中を神出鬼没、大泥棒のダリーラとは私のことだよ！」

「私があなたと話している間に、壁を登って指輪を盗んでもらったの」

フーチョンはいよいよ歯噛みしましたが、

「あ、あ、あなたの推理には証拠がありません！　僕がエジプトの悪魔の顔料を扱えるというだけでは、パールーン王は納得しないでしょう」

「今、あなたが証言したじゃないの」

「王の前で同じことを僕が言うと思うのですか。とぼけるに決まっているじゃないですか。僕は祖父の代から王家や貴族の肖像画を描く家の出身ですよ。王はあなたより僕の言うことを信用するに決まっています！　なんて暗愚で浅慮で視野狭窄なお方だ」

「その言葉、そっくりそのまま返すわ」

赤ずきんは、台の上に置いてあったバスケットを持ち上げると、掛かっていた布をさっと外しました。そこには、小さくなったパールーン・アッラシード王、イルジー内務大臣、保険会社の社員三人、そして王の護衛兵が十人、ぎゅうぎゅうに詰まっていたのでした。

「今のやりとり、余がこの耳でしっかりと聞いておったぞ」

「お、王様……」

「これではしかたありませんな」

イチゴ形のあざの保険屋が言いました。

「三つ子が殺人の被害にあったことを認めます。イルジー大臣、保険金をお支払いいたしましょう」

イルジー大臣は複雑な表情でうなずきます。保険金の件は望みどおりですが、甥っ子たちが殺害された事実はショックだった様子でした。

「い、いや、今言ったことはすべて、『もしもそうだったら』というお芝居です」

犯人であるフーチョンは、そんな大臣の気持ちなど慮る様子もなく、おかしな言い訳をはじめています。

「見苦しいわ、フーチョン」

赤ずきんは、ダリーラから受け取った指輪をきゅっきゅとこすります。ぼわわわんとピンク色の煙が立ち上り、目の離れた魔人が現れました。

「お呼びだずか、ご主人様？」

「〝銀のクジャクの布〟で小さくなってしまったこの人たちを、みんな元の大きさに戻して！」

「お安いごようだず〜」

魔人が両手を天井に向けると、ぱあああと部屋が光で満たされ、バスケットの中のみんなが元の大きさに戻ります。

「絵描きを捕まえよ！」

「はっ！」

パールーン王の勇ましい命令に応じ、数人の護衛兵が四つん這いになって重なり、残りの護衛兵たちがそれを踏み台にして柵を乗り越えてフーチョンの作業場によじ登っていきます。

「やめて、やめてっ！　嫌だ、嫌だあ……」

わめき暴れるフーチョンに、護衛兵たちが次々とのしかかっていきました。

シャハリアール

「見事だ！」

シャハリアールは叫んだ。

「エジプトの奇怪極まる顔料を用いた卑劣な殺人を看破したばかりか、自らの顔の一部を石にして殺人犯を陥れ、あろうことか王に罪の告白を聞かせるなど……」

シェヘラザードの前で、シャハリアールは頭を抱える。

「なんと勇気に満ち、賢い少女なのだ、赤ずきんよ。恐ろしさすら感じるぞ！」

シャハリアールはすっかり、話にのめりこんでいた。ううーむ、ううーむと唸り続けるシャハリアールに向かい、

「王様」

と、シェヘラザードは静かに語りかけた。

「王様は自らの行動を振り返り、今、何を思います？」

「余の行動？　何のことを言っているのだ」

「クテシポンじゅうの女性を妃にとっては殺め続けた、その行為です」

シャハリアールの顔が青ざめる。太い眉はオオワシの翼のように吊り上がり、目には怒りの炎が燃える。

「お前は、余を罪人だと言いたいのか」

「かくも賢き少女の話を聞いてなお、女はみな、悪者だとお思いですか。すべての女があなたを裏切り、傷つけるとお思いですか」

ぐいっと歯を食いしばるシャハリアール。言葉を探したが、何も出てこない。

シェヘラザードは素早い身のこなしでベッドに飛び上がり、サーベルで引き裂かれた枕の中に手を差し入れ、何かを引き出した。それは、あの小さな青い箱であった。

「王様に贈り物でございます」

差し出された小箱を、シャハリアールは睨みつける。

「なんだこれは?」

「長きにわたったアラビアンナイトの不思議なお話。その結末が、この中にあるのです。どうぞお開けください」

シャハリアールは小箱を受け取る。そして、その太い指で、蓋を開けた。

「これは――!」

そのときの驚きを、シャハリアールは生涯忘れぬであろう。

終章　そして、物語は続く。

フーチョンを拘束した後、一同はダイニングに移動しました。テーブルの上には豪華な食事が用意されていて、パールーン王はハムス——ひよこ豆のペーストをたっぷり塗った平パンをほおばって、ご満悦です。

「女泥棒、ダリーラよ」

野菜のスープを飲んでいるダリーラに向かい、パールーン王は厳かに言いました。

「そなたは以前、ジュビダッドにおいて多くの盗みを働いたな。その罪を刑罰に換算すると、訴えが出ているだけでも懲役千二百年はくだらないであろう」

ぶはっ、とダリーラはスープを吐き出しました。

「千二百年！」

「落ち着け。赤ずきんの友ということと、今回の働きに免じて、恩赦を与えようぞ。そなたを罪に問うことはない。今後はまじめに生きるのだ」

ダリーラは、ほっとしたようです。

騒動のあいだずっと眠っていたらしいシンドバッドは、宴の気配を感じたのか、起きてきてナップとワイワイしゃべっています。赤ずきんも一仕事終えた充実感に浸りながら、鶏の丸焼きにかぶりついていました。

そんな中、話しかけてきたのは、サルモンドです。

「赤ずきんさん、すばらしい犯人の追及でした」

「そんなことないわ。それより、保険金を払わなきゃいけなくなってしまったわね。損をさせてごめんなさい」

「いえ、損ではないのです。実はジュビダッドには悪質な保険会社も多くありましてね、私ども《ラーバク保険会社》が有事のときにきちんと保険金を支払うという話が世に広まれば、信用を勝ち得ます。契約したいというお客が、倍以上に増えるでしょう」

つまり、今回の事件を自社の宣伝に利用しようというのです。

「ちゃっかりしてるわ」

「誇り高きアラビアの商魂と言ってください。それより赤ずきんさん、あなたは私が探し求めていた聡明さを持っています。その能力で、救ってほしい人がいるのです」

「誰よ？」

「クテシポンにいる私の姉です」

「ああ、そういえば子どもの頃に、お話の得意なお姉さんと無理やり離されたんだったわね。そのお姉さんがどうしたの？」

「クテシポンを都とするザザーン朝ペルシャは目下、シャハリアールという王によって治められています。もともとは名君として名高い王だったのですが――」

と、サルモンドが話したのは、信じられないようなことでした。シャハリアール王は美しい奥さんに浮気されてからというもの、女の人が信じられなくなり、クテシポンの未婚の女性を妃に迎えては、婚礼の日にその手で殺しているというのでした。

「私のもとには噂しか入ってきていませんが、ここ一年でクテシポンの町からはすっかり若い女性がいなくなり、もうあとは、私の姉、シェヘラザードしか残っていないそうです」

「じゃあ、次はあなたのお姉さんが犠牲に？」

「残念ながら今のままではそうなります。赤ずきんさん、お願いです。あなたのその知恵で、姉を救ってもらえませんか」

サルモンドは真剣に訴えました。喉にとどまっているサメの刺青すら赤ずきんのほうに顔を向け、懇願するような目つきです。

「行ってやりなよ、赤ずきん」

いかにも陽気な感じで言ったのは、シンドバッドでした。

「すべての出会いは、都合よくできているんだ。君と出会えたのは、サルモンド君にとって都合がいいことだ」

「たしかに」すっかり彼と仲良くなったらしいナップも同意します。「赤ずきん、これは君にやるよ、何かの役に立つだろうから」

放り投げられた指輪を、赤ずきんはキャッチしました。手の中のそれを見つめ、赤ずきんはもっとずっと小さい頃、おばあさんに言われたことを思い出していました。

——お前のその賢い頭は、困った人を助けるために神様が授けてくださったんだよ。

「……もう、せっかくおうちに帰れると思ったのに」

そうこぼしながら、赤ずきんはきゅっきゅと指輪をこすります。ぼわわん、と魔人が現れます。

「お呼びだずか、ご主人様」

「私をクテシポンへ連れていって」

「お安いごようだず」

指輪の魔人は赤ずきんをひょいと持ち上げ、自分の背中に乗せました。ぐいいと、その体が浮き上がっていきます。

「どこへ行くのだ、赤ずきん？」

慌てて声をかけてくるパールーン王に、赤ずきんはバスケットを掲げてみせました。

「ちょっとクテシポンまで、人助けに」

びゅん、と指輪の魔人は窓から飛び出ました。

それから夜通し飛んで、クテシポンに着いたのは、昼前でした。ジュビダッドに負けず劣らず大きな町ですが、どこか殺伐としています。

出歩いている人が少ないわ……と思っていると、宮殿と思しきひときわ大きな建物へと続く緩やかな坂を、パレードが進んでいくのが見えました。道沿いに並ぶ人々のそばで、赤ずきんは降ろしてもらいました。いったん魔人を指輪に戻し、赤ずきんはパレードを観察します。

金銀をあしらった豪華な輿に、男女が乗っていました。男性のほうは、太い眉毛をした、いかついひげ面――あれがシャハリアールでしょう。その脇に、大きな花飾りを頭に付け、きれいな衣装に身を包んだ二十歳ばかりの美しい女性が座っています。ただ、その表情は幸せそうではなく、むしろ悲しみに沈んでいるように見えました。

「あの女性は誰？」

群衆の一人のおじさんに赤ずきんは訊ねます。

「知らんのかい。シェヘラザードだよ」

やはり――。サルモンドのお姉さんです。

「この町の最後の若い娘さ。そして彼女も今夜、王に処刑されるに違いない」

おぞましいことだと言わんばかりに口元を押さえるおじさん。シャハリアールの残虐な行為は事実なのでした。赤ずきんはすぐさま群衆から離れ、指輪の魔人を呼び出します。

「魔人。私を今すぐあの宮殿の中に連れていって」

「それが……」魔人は情けない顔になります。「あの宮殿は、パールーン王がランプの魔人に作らせた牢屋と同じように、青い靄に包まれてるだず。なので、おらは入れないだず」

なんということでしょう。宮殿内では魔人の協力は得られないというのです。しかしここで引き下がってなどいられません。

「それなら、私を親指ぐらいの大きさにして。そして、一度私を上空へ運び、誰にも気づかれないように花嫁の頭の花飾りの中に落とすのよ」

赤ずきんはそう言ってシェヘラザードを指さします。

「パレードが宮殿に入ってしまう前に、早く！」

「お、お安いごようだず」

指輪の魔人は赤ずきんを小さくして、びゅんと飛び上がりました。

「それじゃあご主人様、いくだず」

「ええ」

魔人の手から離れた赤ずきんは、見事にシェヘラザードの花飾りの中に着地します。これだけ立派な花飾りなら、誰にも見つかる心配はありません。

パレードは宮殿に入り、大広間へとやって来ました。大臣や外国の使節らしき人たちが見守る中、輿から降りたシャハリアールとシェヘラザードは、椅子に腰かけます。そこからは祝辞が続き、その後は宴があり、ようやく終わったのは夕方でした。

シェヘラザードはシャハリアールと離れ、女官に連れられて大広間を出ると、渡り廊下を渡った先の離れに入りました。女官たちが去り、扉が閉められて一人になったとたん、彼女はベッドに伏せ、しくしくと泣きはじめたのでした。

「あー、長かったわ」

赤ずきんは花飾りから、ふかふかのベッドの上に飛び降りました。シェヘラザードは目を丸くしています。

「あ、あ、あなたは……？」

「私は赤ずきん。サルモンドに頼まれて、あなたを助けに来たの」

「サルモンドですって⁉ 弟を知っているの？」

赤ずきんは、かいつまんでここまでのいきさつを話しました。

「そう……あの子、アレキサンドリアの学校を追い出されてからどこで何をやっているのかわからなかったけれど、ジュビダッドで保険会社に勤めているのね」

シェヘラザードは言いました。

「元気でよかった。……生きているうちにもう一度会いたかったわ」

「何を言ってるの、あなたは生きてここから出るのよ」

「出られないわ。シャハリアールのお妃になった者はその日の夜中に殺されるの。きっとこの部屋に直接やってきて、私の喉を掻っ切るのよ」

「逃げましょう。衛兵の隙をついて」

「無理よ。たとえ逃げることができたとしたって、家に残した両親が殺されてしまうわ」

たしかに、暴虐なシャハリアールならそうするでしょう。赤ずきんは困りました。シャハリアールに自分の理不尽さを認めさせて、改心させるしか方法はないのでしょうか。

今や赤ずきんにとって腰巻くらいの大きさの魔人の指輪も、この宮殿では役に立ちません。おまけに自分は親指ほどの小さな体ときています。

赤ずきんの脳裏に、シンドバッドの顔が浮かんできました。七度もの危ない航海を幸運だけで乗り切ってきた、あの究極のご都合主義男なら、どうするでしょう？

――すべての出会いは、都合よくできているんだぜ！

だとしたら、今この出会いが運命をいい方向へ導いてくれるはずです。

「シェヘラザード。あなた、特技は何？」

「特技なんてないわ」

「よく考えて」

「強いてあげれば……お話をすること。サルモンドが小さい頃、よくお話を聞かせてあげたものよ」

「お話……」

あごに手を当て、赤ずきんは考えます。そして一つのアイディアを思いつきました。

「シェヘラザード、あなたは今夜、シャハリアールがこの部屋に来たら、面白い話をするといいわ。そして、先が気になるちょうどいいところでやめ、『続きはまた明日』と言って話を引っ張るの。そうしたら、とりあえず命は明日まで延びる。明日になったらまた、いいことを思いつくかもしれないでしょ」

「でも私、そんなに長くて面白い話なんて知らないわ」

「それなら任せて。私、このアラビアに連れてこられてから、奇想天外な目にばっかり遭ってきたの」

ジュビダッドでアラジンが仕掛けたあの事件の解決までを、赤ずきんはシェヘラザードに語りました。初めは訝しんでいたシェヘラザードも、赤ずきんが事件を解決したところまで聞くと、やる気になったようです。

「たしかに面白い話だわ。頑張ってみる」

赤ずきんは部屋に置いてあった小箱の中に隠れました。シェヘラザードはその小箱を枕とクッションのあいだに隠し、シャハリアールがやってくるのを待ったのです。

シェヘラザードの話術は、赤ずきんの想像をはるかに超えるものでした。そのなめらかな語り口はすぐにシャハリアールを虜にし、空が白むまで、彼に話を聞かせ続けることができました。そして赤ずきんのアイデアどおり、ちょうどアラジンの手下に赤ずきんが捕らえられるところで話を切り、シャハリアールを帰らせたのでした。

「すごいわ、シェヘラザード」小箱から出て、赤ずきんはシェヘラザードを褒めます。「自分の話なのに、聞き入ってしまったもの」

「ありがとう……」

やや疲れた表情で、それでも楽しそうにシェヘラザードは言いました。

それからシェヘラザードは毎晩、赤ずきんのアラビアでの冒険譚を少しずつシャハリアールに話していきました。枕の下の小箱の中で二人のやりとりを聞いているうちに、シャハリアールという男が、物語に没入できる人間なのだということに赤ずきんは気づきました。

三日目、アコノンの町で赤ずきんが殺されそうになったシーンで彼は「待て、殺すな!」などと叫んでいました。この残忍な男に自分が応援されているかと思うと、気恥ずかしいやら可笑《おか》しいやら、赤ずきんは、少年のようにシェヘラザードの話に夢中になっているシャハリアールが可愛らしくすら思えたのです。

「シェヘラザード、シャハリアールは変わってきているわ」

五日目にシャハリアールが部屋に帰った後で、赤ずきんはシェヘラザードに言いました。

「昨日はあなたの喉のためにレモンの蜂蜜漬けを持ってきてくれたし、今日なんて、こんな珍しい飲み物を持ってきてくれたじゃない」

シャハリアールが置いていった、ココアという甘い飲み物を味わいながら赤ずきんが言うと、シェヘラザードも穏やかに笑いました。

「ええ。マリピ王国のダマンサ・ダムーサ王のお話、面白かったわね。それにあの人、私のことを『妻』と呼んでくれたわ」

「シェヘラザード、それが嬉しいの?」

「……わからないけれど、お話を聞いているときのあの人の目、とってもキラキラしているの。

一言も聞き漏らすまいと、じっとしていたかと思うと、ナップの言葉に笑ったり、シンドバッドの言葉にうなずいたり、赤ずきんの身に危険が迫ると、胸のところをぎゅっとつかんで、それは心配そうな顔になるのよ」

「それだけあなたの話し方が上手ってことよ。シェヘラザード、もうあの人はあなたを殺すことはない」

――ところが六日目の昼間、赤ずきんはヘマをしてしまったのです。

シャハリアールは約束通り、化粧師と美容師と衣装係を送ってよこしたのですが、その最中、三人はリラックスのためにアロマを焚いたのです。カーテンの陰に隠れていた赤ずきんは、慣れない香りに鼻がむずむずしてしまい、くしゃみをしてしまったのでした。

「い、今のは私のくしゃみよ」

シェヘラザードはとっさに言い訳をして三人を部屋から出し、「大丈夫？」と訊ねてきました。そして、そのあとしばらく続いた二人の会話を、外で聞き耳を立てていた三人に聞かれてしまったのです。

しかも、鼻をかみながら話した赤ずきんの声は低く響き、あろうことか男の声と勘違いされてしまったのでした。

その夜シェヘラザードの部屋に現れたシャハリアールは荒れに荒れ、部屋中の物を壊し、切り裂いていきました。小箱の中で縮こまっていた赤ずきんにも、枕が切り裂かれた衝撃がわかりました。小箱が見つかったわ、一巻の終わりよ――と覚悟したのですが、小箱が蹴り飛ばされ、瑠璃の杯を割っただけですみました（中にいた赤ずきんはそれでも頭をぶつけて目が回りそうでしたが)。

「……もうだめだわ」

その日、なんとかシャハリアールを帰したシェヘラザードは涙を溜め、死人のように青ざめていました。

「ごめんなさい、私のくしゃみのせいで」

「謝らないで赤ずきん。ここまで生きながらえたのはあなたのおかげ。でももういいわ。私は運命を受け入れ、明日殺される。あなたは逃げて」

「そういうわけにはいかないわ」赤ずきんはきっぱり言いました。「あなた一人を死なせはしない。こうなったら私だって命がけよ。明日、フーチョンを捕まえる話まで終えたら、小箱をシャハリアールに開けさせて。私が、実際にあいつの前に現れるのよ」

「そんなことをしてどうなるの?」

「わからないわ。わからないけれど、すべての出会いは都合よくできているもの!」

どこか忌々しく思っていたシンドバッドのこの言葉こそ、この旅で赤ずきんが得たいちばんの教訓かもしれませんでした。

かくして今宵、ジュビダッドでフーチョンを追い詰めたシーンのあとで、かの残忍な王はシェヘラザードに手渡された小箱を開けたのでした。

＊

「あ……あ……」

小箱の中に座っている赤ずきんを見つめ、シャハリアールはしばらく言葉を失っていました。近くで見るとやはり、恐ろしい顔です。

「赤ずきん……か？」

喉の奥から絞り出すように、シャハリアールは訊ねました。

「そうよ」

「不良のアラジンの大仕掛けを暴き、アリババの兄であるカシムの死の謎を解き、イルジーの甥っ子たちが殺されたことを明らかにした、あの赤ずきんか？」

「三つ目のは、一度推理を間違えたけどね」

「どうして、ここに？　そして、どうしてそんなに小さいのだ？」

赤ずきんは、すべてを話しました。シャハリアールは赤ずきんが入った小箱を持ったままじっと聞いていましたが、赤ずきんの話が終わると、

「……そうだったか」

と、小箱を床に置きました。

「それで、どうなのシャハリアール。あなたまだ、シェヘラザードを殺すつもり？　もう女を信じないなんて言わないわよね？」

シャハリアールは、不安そうな顔をしているシェヘラザードのほうを向きましたが、ゆっくりと首を横に振りました。

「信じることは……できぬ。女を信じようとするたび、裏切られたことを思い出す。あの嫉妬と悔しさの入り混じった、なんともみじめな感情に苛まれる。頭の中から消すことのできない、暗い暗い闇だ。女を殺すことでしか癒せぬ、暗い暗い……」

「まだそんなことを言ってるの!?」

赤ずきんは小箱の縁にどん、と足を乗せました。

「あなたはこの七日間、シェヘラザードの話を夢中になって聞いてきたじゃない。おかしな魔法も、恐ろしい呪いも、究極のご都合主義も、何もかも信じたじゃない」

はっ、とシャハリアールの充血した目が見開きます。

「シェヘラザードは心底楽しそうにあなたに話を語ったわ。それは、あなたが本当に彼女のことを信じて聞いていたからよ。物語が、話す者と聞く者の共同作業なんだって、私は初めて知ったわ。その共同作業を通じて、人は変われる。物語は人を変えるのよ。それくらい良いことがなきゃ、こんな危なっかしい物語の主人公なんてやってられないわ！」

七日の間、シェヘラザードの口から語られ続けた主人公としての純粋な気持ちでした。

そして赤ずきんは、いちばん言いたいことを、シャハリアールに告げました。

「あなたのような素敵な聞き手に、それがわからないわけないじゃない」

シャハリアールの頬が小刻みに揺れます。そして、その大きな目から、涙がぽろぽろとこぼれました。

「おお……おお……、面白かったのだよ、赤ずきん！　シェヘラザードの口から語られるお前の話は、面白かったのだよ。余は毎日、夜になるのが楽しみでしょうがなかったのだ。早く先が聞きたくて……物語の喜びと共にあった、すばらしい日々だったのだ」

そしてシャハリアールは、シェヘラザードに顔を向けたのです。

「悪かった。もう信じぬなど言わぬ。これからも聞かせてくれ。不思議と謎《ミステリ》に満ちた話を、もっともっと聞きたいのだ」

シェヘラザードは花のように微笑んで、「はい」とうなずきました。

さも美しきアラビアの
長い長い物語
今宵語って聞かせたは
その始まりの数ページ

不思議な魔法を数えれば
暑き砂漠の砂の数
奇妙な謎を数えれば
夜空に瞬く星の数

語る者がいるかぎり

話の水は溢れ出し
夢のオアシス現れる
聞き入る者がいるかぎり
話の水は地を満たし
幻想の木が実をつける

もしもあなたが好むなら
ラクダの背中にまたがって
明日の夜も出かけましょう
さも美しきアラビアの
長い長い物語
次のページへ出かけましょう――

本作品は世界の童話を基にしたフィクションです。
作中に登場する人名その他の名称は全て架空のものです。

初出

「アラジンと魔法のアリバイ」　「小説推理」二〇二三年九月号
「アリババと首吊り盗賊」　「小説推理」二〇二三年一一月号
「シンドバッドと三つ子の事件」　「小説推理」二〇二四年一月号
「アラビアの夜にミステリは尽きず」　「小説推理」二〇二四年三・四月号

青柳碧人　あおやぎ・あいと

一九八〇年千葉県生まれ。早稲田大学卒業。二〇〇九年『浜村渚の計算ノート』で第三回「講談社Ｂｉｒｔｈ」小説部門を受賞してデビュー。一九年刊行の『むかしむかしあるところに、死体がありました。』は多くの年間ミステリーランキングに入り、本屋大賞にノミネートされた。数々のシリーズ作品のほか、『赤ずきん、旅の途中で死体と出会う。』『怪談青柳屋敷』『怪談刑事』など多数の著書がある。また、マーダーミステリーゲーム『赤ずきん、舞踏会で死体と出会う。』の監修もある。

赤《あか》ずきん、アラビアンナイトで死体《したい》と出会《であ》う。

二〇二四年一〇月二〇日　第一刷発行

著者　青柳碧人
発行者　箕浦克史
発行所　株式会社双葉社
〒１６２－８５４０
東京都新宿区東五軒町３－２８
電話　０３－５２６１－４８１８（営業）
　　　０３－５２６１－４８３１（編集）
http://www.futabasha.co.jp/
（双葉社の書籍・コミック・ムックが買えます）
印刷所　大日本印刷株式会社
製本所　株式会社若林製本工場
カバー印刷　株式会社大熊整美堂
ＤＴＰ　株式会社ビーワークス

ISBN978-4-575-24774-9 C0093